U0906807

24 HOURS IN ANCIENT EGYPT

A DAY IN THE LIFE OF THE PEOPLE WHO LIVED THERE

古埃及二十四小时

[英] 唐纳德 · P. 瑞安（Donald P. Ryan）著
袁婧 译

北京联合出版公司 · 后浪
Beijing United Publishing Co.,Ltd.

图书在版编目（CIP）数据

古埃及二十四小时 /（英）唐纳德·P.瑞安著；袁婧译. -- 北京：北京联合出版公司，2022.4（2022.10重印）

ISBN 978-7-5596-3803-8

Ⅰ.①古… Ⅱ.①唐… ②袁… Ⅲ.①故事－作品集－英国－现代 Ⅳ.①I561.45

中国版本图书馆CIP数据核字（2019）第256319号

24 Hours in Ancient Egypt

古埃及二十四小时

作　　者：［英］唐纳德·P. 瑞安（Donald P. Ryan）
译　　者：袁　婧
出 品 人：赵红仕　　出版监制：刘　凯　赵鑫玮
选题策划：联合低音　　责任编辑：夏应鹏
封面设计：何　睦　　内文排版：书情文化

关注联合低音

北京联合出版公司出版（北京市西城区德外大街83号楼9层　100088）
北京市联合天畅文化传播公司发行
北京美图印务有限公司印刷　新华书店经销
字数 131千字　880毫米×1230毫米　1/32　7.25印张
2022年4月第1版　2022年10月第2次印刷
ISBN 978-7-5596-3803-8
定价：45.00元

谨以此纪念多萝西·谢尔顿，即多蒂，

一个快乐而慷慨的人

目录

引言

在引人好奇的迷人古代民族中，古埃及人似乎对现代社会有着特殊的吸引力。刻满迷人象形文字的纪念碑遗迹、宏伟的庙宇和金字塔、不可思议的考古发现，都为这个真正古老且几近消失的社会增添了神秘感。

与古希腊和古罗马这两个古代社会的伟大文明相比，古埃及并没有留给我们多少文献资料，让我们能对感兴趣的内容进行一番研究。埃及的普通民众目不识丁，现存的大部分经文与王室、宗教和葬礼有关。尽管如此，我们还是拥有足够的碎片，埃及学家仍然能从散落的私人信件、医学文章等零碎资料中为我们拼凑出埃及文化较为可信的面貌。他们会在社会上层人士的墓穴墙壁上绘制或雕刻日常生活场景（根据现世的场景描摹出完美的死后世界），这令学者们受益匪浅。此外，古埃及人也有为墓葬配备食物、衣服、家具和其他东西的习俗。

一些废弃的村庄也保存下来。虽然建造村庄本是为了便于修建金字塔和王室陵墓，但它们地处干旱区，远离尼罗河岸，因而避免了尼罗河水周期性泛滥的毁灭性打击。这些遗迹的发掘为我们提供了宝贵的线索，有利于帮助我们了解古埃及人的生活方式。

从一个日落到另一个日落，古埃及人把一天分成白天和夜晚各 12 个小时（为了方便读者，我们按照现代社会惯例，将午夜作为一天的开始）。在本书中，我们将看到古埃及人一天的生活是怎样的；通过 24 位居民的眼睛及亲身经历——从勤劳的农民、陶工、织工和士兵，到埃及神圣的统治者及其复杂的官僚随从机构，我们得以窥见这个消失的文明。每个小时，我们都会遇到不同的埃及人，他们的起居、奋斗和成功，不仅能让我们了解他们的日常生活，也能告诉我们关于古埃及本身的信息。每个章节中大多数人物和场景都是虚构的，但都是以埃及学知识为基础，目的是希望在保持一定趣味性的同时，还原古埃及人的生活片段。但也有少数人曾在历史上留名，其中包括统治者阿蒙霍特普二世、王后提娅（Tiaa）和维西尔[1]阿蒙尼姆派特（Amenemopet）。

大多数埃及人过着相对简单的生活，他们热爱自己的土地，相信这是世界上最理想的聚居地。他们将这片土地称为“Kemet”，意为“黑土地”，指的是其母亲河沿岸肥沃的土壤。这条河从远方而来，蜿蜒向南，最终注入大海。南

1 本书故事背景为约公元前 1414 年的埃及，属新王国时期。据研究所述，此时的维西尔仍是“国王之下的国家政府中最大的行政官”。——译者注

部沃饶的尼罗河谷和北部广袤的三角洲将黑土地天然分为两块——上埃及和下埃及，二者泾渭分明。这两个区域，政权曾经各自独立；人们将统一视为古埃及文明的开端，统一上下埃及的统治者被认为是这两片土地的国王。

英语中的 Egypt（埃及）一词源自希腊语 Aigyptos，后者似乎源自古埃及语 Hut-Ka-Ptah，意为“普塔的灵魂所在”。普塔神是很受欢迎的神祇，与古老的首都孟斐斯（Memphis）相关，还是工匠们的保护神。

尼罗河是古埃及生死存亡的关键。每年洪水会沉积下厚重而肥沃的淤泥，使农民的土地恢复生产力。尼罗河水不仅是联通南北的高速通路，而且提供了大量可食用的鱼、丰富的灌溉水源，还有可以用来制砖的充足淤泥。尼罗河的边缘地区便是红土地，遍布沙漠和荒山——大量的沙石、一些金矿和零星的绿洲。

在古埃及世界中，除了这条河，最重要的便是太阳了。这个橘红色的球体提供了光和热，每天晚上落到西边，第二天重新升起——正如人们热切期盼的那样。太阳神拉（Ré或 Ra）坐着搭载众神的船越过苍穹，船也可能是由巨大的蜣螂推动前行，或随着圣鹰的隐形翅膀缓慢飞行。在埃及人的思维模式中，上述情形可同时为真。

尽管太阳在古埃及物质世界中占据主导地位，但是人们对神的感知无处不在——他们既是有形的，也是抽象的。神灵数以百计，大大小小的庙宇和神殿星罗棋布。这些神灵早在埃及文明开端之前，即创世神阿图姆（Atum）从原初之水的大片淤泥中升起之时，就已经存在了。随后，阿图姆独自创造出其他成对的男女神灵，这些神灵在创造和维护新世界的过程中扮演了重要的角色。盖布（Geb）和努特（Nut）分别成为大地之神和天空之神，舒（Shu）和泰芙努特（Tefnut）分别成为风神和雨神，他们共同构成了适宜生存的基础环境。本书中最重要的神祇是阿蒙拉（Amun-Re），他为河流东岸数量急剧增长的庙宇所尊崇，人们认为他是庇佑黑土地的功臣。

本书中的二十四个故事将会在政治与宗教之都底比斯（Thebes）上演。故事发生于阿赫普鲁拉·阿蒙霍特普（Aakheperure Amenhotep），即阿蒙霍特普二世（Amenhotep Ⅱ）统治的第十二年，大约是公元前 1414 年，在第十八王朝期间，属于学者们命名的新王国时期（约公元前 1550 年至公元前 1069 年）。新王国是古埃及帝国大业的建设时期，其影响力向东一直延伸到美索不达米亚边缘，其南部的统治力量深入了努比亚。那是一个日益繁荣的时代，当时古埃及的统治者向外发起了大规模的军事和商业远征。阿蒙霍特普二世吹嘘着自己作为运动员和战士的卓越技能，带领军队乘着雄壮的马拉双轮战车投入战斗。同时，他也是庙宇、神殿的伟大建造者，当然，他本人也有许多纪念碑。新王国时期无疑是人类历史上一个非常有趣的时期，也可以说是埃及古代文明的顶峰，正如下面章节中展示的那样，这是一个介绍古埃及文明的理想时期。让我们回到黑土地上旅行一番，与生活在那里的人们共度一天。

夜晚的第七个小时

（00：00—01：00）

产婆接生

愿你死去，从黑暗里悄悄爬来的那位，他的鼻子在身后，他扭过头去（以不让人看到）。愿他徒劳一场。愿你死去，从黑暗里悄悄爬来的那位，她的鼻子在身后，她扭过头去（以不让人看到）。愿她徒劳一场。你来可是为了亲吻这个孩子？我绝不让你得逞。你来可是为了让他停止啼哭？我绝不让你得逞！你来可是为了伤害他？我绝不让你得逞！你来可是为了将他带走？我绝不让你得逞！我已经为他提供庇护！

保护婴儿的魔法咒语

婴儿降生不分白天还是夜晚，关于这一点，韦赖特（Weret）至少已经让梅莉特（Merit）领教了六次。梅莉特的阵痛是从白天开始的，现在天已经黑了几个小时，分娩的时刻即将来临。姨妈韦赖特扮演了产婆的角色，在产程中从旁协助。此时，梅莉特正蹲在几块砖头上，房间里只有三盏油灯提供照明，同时姨妈正热心地指导她并吟诵咒语。

除了引导和咒语，产婆还带来了一对小雕像。无论在谁看来，这都是两尊其貌不扬的雕像。贝斯神（Bes）虽然相貌丑陋，但他出现在这里自有其价值。他身材矮小、敦实，是个丑陋的侏儒，舌头伸在外面，摆出一副令人厌恶的姿势，但人们相信，他能在妇女怀孕和分娩时抵御邪恶力量。另一尊雕像是生育女神海奎特（Heqet），她的外表是青蛙的模样，有着和贝斯神相似的力量，她显然对目前的状况十分满意。自从梅莉特一心想要再次怀孕，海奎特就被摆放在家中的显眼位置。她的出现合情合理：青蛙能够产下大量的卵，这些卵又变成蝌蚪，而且它们不会像马努（Manu）一样打鼾。马努是梅莉特的丈夫，经过一天辛苦的捕鱼劳作后，此刻正在隔壁房间鼾声大作。

丑陋、健壮且凶猛的贝斯神是古埃及最受欢迎的家庭保护神。他蹲坐着，容貌兼具人类和狮子的特征，传说他能够驱逐恶灵。与许多古埃及艺术作品不同的是，他常常以正面示人，尽显威慑作用。

贝斯神，家庭的保护者

韦赖特将这两尊雕像放在能够俯瞰产妇分娩过程的位置，用以增强他们的影响力。几个月前，梅莉特发现自己再次怀孕，姨妈送了她一条项链，那是一串塔沃瑞特神（Taweret）形状的蓝色护身符。贝斯神和海奎特女神长得都不好看，塔沃瑞特神的外貌更加丑陋。她基本上是一只呈站立姿势的怀孕的河马，腿像狮子，背部有鳄鱼的特征；也许她是三个保护神中最凶猛的一个，有望击退所有邪恶的力量。这三个保护神虽然形象骇人，却能给受看护者带来慰藉。

古埃及人有一种测试怀孕的方法，但是准确性有待商榷：将小麦和大麦放进一个布袋里，疑似有孕的妇女每天在上面小便。如果大麦发芽，说明是个男孩；如果小麦发芽，说明是个女孩；如果大麦、小麦都发芽了，说明虽然怀孕但男女未知；如果都没有发芽，则说明没有怀孕。

凭借多年的经验，韦赖特继续指导，孩子已经从梅莉特的大腿间冒出了头。她知道，谁也不敢保证孩子能活着生下来，或是梅莉特能顺利挺过分娩过程。

不过片刻后，一个埃及婴儿出生了，他的啼哭宣告自己来到了这个世界。这是个男孩子，韦赖特知道梅莉特和丈夫马努都能松一口气了：这对夫妇已经有三个女儿，虽然能帮忙做些日常琐事，但她们迟早会出嫁，建立自己的家庭，留更多的家务活给梅莉特。

但是要不了几年，男孩就能够跟着父亲学习捕鱼了，最终这将成为他的事业，为他的家庭做出贡献。

“奈费尔（Nefer），”精疲力尽的母亲喃喃道，“我们给他取名叫奈费尔，愿他乖巧漂亮。”

“又来了。”韦赖特把孩子递给产妇时想。之前有两个男孩都取了这个名字，但都没活几个月。他们都被埋在房子下面。也许这个孩子不一样，在自家几个充满爱心、乐于助人的孩子的帮助下，也许他能活得很久很快乐。也许那些丑陋的保护神这次会施展神力。“奈费尔，”产婆说，“是个好名字，但你想得未免太好了——孩子怎么可能既乖巧又漂亮呢？等到他闻起来像他父亲一样满身鱼腥味的时候，你的美梦怕是就要破灭了！不过还好，起码他不会变成制砖工。”

普通的古埃及人如果能挨过出生和童年时期，一般可以活到三十到三十五岁。造成死亡的原因有很多，包括疾病、工作时发生意外，或是与敌人作战。很多现代医学和疫苗能轻易治愈和预防的传染病和其他疾病，在当时都是绝对致命的。寄生虫和眼部疾病会将人折磨得十分悲惨。在现存的木乃伊中，还能发现诸多癌症的迹象。

韦赖特认为，出生在黑土地上的小奈费尔是幸运的，这里气候宜人，食物也比较充盈，当地的文化起码从理论上让人们相信此生不枉，来世更是极乐世界。埃及人相信自己的文化水平高于其他国家的人民，其中包括西边的利比亚人、南边的努比亚人、东边的亚洲人——这些“劣等民族”只能通过自身埃及化才能升格为真正的人。韦赖特想，考虑到所

有这些因素，奈费尔的情况还算不错。

刚出生的男婴会由母亲照看几年，也许偶尔有亲戚或奶妈帮衬一下，不过韦赖特希望自己能从中脱身——毕竟她自己已经够忙了。再过几年，这些光屁股的孩子会一起玩耍，跑来跑去，头发剃光，只在脑袋一侧留下一绺。很快，他就要学习父亲的技艺了。最初只是做些简单的工作，随着时间的推移，他会越来越熟练，最终完全接手工作。时光飞逝，他可能会结婚生子，这种过程无疑会循环亿万年。可以预见的未来——虽然过程中伴随着种种艰难——正在前面等着这个小家伙，韦赖特看着婴儿在母亲怀里扭动——现在她只期盼他能平安活下来。

夜晚的第八个小时

（01：00—02：00）

统治者夜不能寐

他将部落的人民踩在脚下。北方的人在他的力量面前臣服，所有埃及之外的地域都惧怕他……世界尽在他的掌控中。人民惧怕他，众神依从于他的爱，他是阿蒙神选定之人……他占据了整片黑土地，上下埃及都服从他的安排。

阿蒙霍特普二世狮身人面像碑文

阿蒙霍特普仰面躺在他华丽的床上，头枕着一块坚硬的乌木，大睁着眼睛，承受着失眠的困扰，身体因一天的运动倍感酸痛。阿蒙霍特普，或称阿赫普鲁拉，承担着有史以来最重要且繁重的工作：维持整个世界的秩序。正义之神玛阿特（Maat），掌控真理与稳定的和谐平衡，防止世界陷入混乱；作为神圣的统治者，阿蒙霍特普必须阻止邪恶势力入侵，取悦古埃及喜怒无常的众神，因为这些神灵随时可能降怒于人民。

当然，统治埃及自有其好处。阿蒙霍特普被视为鹰神荷鲁斯（Horus）的化身，他可以享用最好的东西，做任何他喜欢做的事，只是这一切都是有代价的。作为神，他日复一日地面对着民众最高的期待。在这片土地上，有许多建设项目需要完成——其中很多都是为他自己修建的，同时还要想方设法为埃及创造（而不是维持）可观的财富。毕竟，他不仅从传奇的父亲手中继承了国家，通过多块石碑上雕刻的伟大头衔也能了解，他还是“强大的公牛——拥有锋利之角与磅礴之力，上下埃及的王，两片土地的领主，黄金荷鲁斯，太阳神拉之子，王冠之主，强大之人，太阳神化身、阿蒙神之子，以及异邦之主”。他是埃及军事力量的最高指挥官，是众神的大祭司——责任之多确实令人生畏。

阿赫普鲁拉·阿蒙霍特普（阿蒙霍特普二世）的名字，
在象形茧中以象形文字写成

古埃及统治者名讳和头衔众多，其中有两个名字最为人们所熟知，这两个名字刻在细长的椭圆形中，埃及学家称之为“象形茧”（Cartouche）。其中一个是出生时的名字，另一个是成为统治者后的名字。两个名字为现代学者提供了便利，例如历史上有四位统治者名为阿蒙霍特普，有十一位统治者名为拉美西斯。学者们用第二个名字对他们进行区分：现代学者倾向于用数字标识，例如图特摩斯三世（Thutmose Ⅲ）、阿蒙霍特普二世。

阿蒙霍特普是家族统治者中的第七位国王，王朝起始于多代前驱逐外来的喜克索斯人（Hyksos）。从黑土地向东，喜克索斯人统治了埃及大约一百年，直到受奴役的埃及人奋起抵抗，将他们逐出这片土地。随后，埃及的统治者并不满足于保卫国家边界，而是积极向外开战，征服或恐吓各方潜在的敌人。作为征战四方的红利，帝国建设成果斐然：大量的战利品，包括牲畜、俘虏和黄金。在埃及以东，各方势力正不断壮大，埃及必须对它们进行制约。

阿蒙霍特普的父亲图特摩斯为后世统治者定下了一个难以企及的标杆。他在掠夺和征战方面的能力令后人叹为观止，并让延续这份霸业变得难上加难。图特摩斯是该王朝的第三位图特摩斯，他把埃及军队带向遥远的东方，一直行进到幼发拉底河，沿途进行了多场战斗。在他漫长的执政生涯间，发生过十七次对外军事战争，个中细节骄傲地镌刻在他大肆扩建的底比斯神庙里。这位图特摩斯登上王位的过程也令人十分好奇。

阿蒙霍特普的祖父，即图特摩斯二世，统治埃及仅十几年就撒手人寰，留下的继承人还是个孩子。图特摩斯三世虽然享有统治权，但王权实际是由他的继母哈特谢普苏特（Hatshepsut）在背后掌控，后者最终加冕为统治者。埃及自古从未有过女性统治者，但哈特谢普苏特的治理相当成功，向南探索至异境，修建起伟大的工程。随着她的去世，图特摩斯三世做好了独立执政的准备，并独自统治了三十多年。不过，他在执政后期发动了一场消除哈特谢普苏特印记的运动，从纪念碑上抹去了她的名字和肖像，拆除了她的雕像。有传言称，这是他为自己遭到雪藏进行的报复，毕竟在继母执政期间，自己仍是国王。而更有可能的是，这是为了除去女性执掌黑土地的先例。埃及有着悠久的传统，规矩不能被颠覆。

阿蒙霍特普的父亲培养大儿子阿蒙涅姆赫特（Amenemhat）接替自己的王权，期间并未过多提及哈特谢普苏特，这也不足为奇。不幸的是，王子去世了，阿蒙霍特普成为继承人。尽管如此，图特摩斯还有时间对未来的统治者进行指导，在他去世前几年，二人共同成为国家的统治者。图特摩斯去世后，成了冥界的统治者奥西里斯（Osiris），阿蒙霍特普则是奥西里斯之子荷鲁斯（Horus）的化身。

图特摩斯三世的功绩太过耀眼，阿蒙霍特普认为自己应当比照父亲，留下同样的功业。他需要活得足够久，有更大的抱负，才能取得和父亲相当的成就。民众希望看到统治者获得成功，正义之神彰显神力会赋予他们生活的信心。幸运的是，阿蒙霍特普有着出色的运动天赋，尽管有人会嘲讽他夸大其词，但王的神力是谁也无法超越的。

阿蒙霍特普摸着酸痛的肩膀。维持超人的声誉要付出身体上的代价，他偶尔也会质疑自己的神性。神为什么要忍受这样的痛苦？埃及人将他看作伟大的骑手、战车驭手、赛船冠军、赛跑运动员和弓箭手。人们相信，他能从高速行进的战车上射出箭来，一举穿过几块铜锭，这一壮举记录在底比斯神庙的一面墙上。阿蒙霍特普周围站满了恭贺他的随从，让人很容易轻信这些夸张的言辞。

不过，阿蒙霍特普仍然深深感到自己有义务变得像头衔宣称的那样强大。从十二年前继任统治者以来，他只进行过三次海外征战。第一次征战是他即位后立即发动的。图特摩斯去世的消息传到被他征服的地界，有人认为这是个反抗的好机会，为了维持和扩张这来之不易的帝国版图，镇压是必然的选择。必须让外国人知道，一切仍在埃及掌控之中。制造麻烦的人要被镇压，保持忠诚的人则会得到奖励。

伟大的神，强大的力量，他的军队永远凯旋，他的箭矢永无虚发。他向铜锭射出箭，那些铜锭立刻裂成两半，就像纸莎草的茎一样……从未有过如此强健的手臂……王射穿的铜板有三指厚。他射出的箭根根穿透，箭头从铜板后面穿出三掌……王在举国面前完成了这一壮举。

文字出自底比斯卡纳克神庙（Karnak temple）第三个塔门，描绘了阿蒙霍特普二世从一辆疾驰的战车上射出弓箭穿透目标的情景

首次征战后，他在执政的第七年和第九年两度出征。潜在的叛乱者不得不忌惮黑土地的实力。迦南和叙利亚的数十个城镇接连遭到袭击或惩罚，收缴的战利品令人赞叹不已。残酷冷血的名声自然有其威慑力。作为最高军事指挥官，阿蒙霍特普亲临现场，直接参与战斗，至少从官方记载上来看，他在战场上表现神勇，就像他的运动成就一样令人瞩目。

王宛如强大的公牛，他带着愉快的心情抵达孟斐斯。战利品包括：胡里人社会上层战士 550 名及其妻子 240 名，迦南人 640 名，酋长的小孩 232 名、女儿

323 名，外邦各地酋长的妾室 270 名及其佩戴的金银饰物。总计战俘 2214 人、马 820 匹、战车 730 辆，并收缴了所有武器。

孟斐斯的阿蒙霍特普二世石柱，

记载了第二次对外征战

疲惫的王思绪不停。接下来又是惯常忙碌的一天。他要与自己的得力助手、维西尔阿蒙尼姆派特见面，后者会向他汇报全埃及乃至全世界需要关注的事。尼罗河上下游有许多建设项目，其中包括修建新神庙和修葺老神庙。还有就是筹划他自己的死亡问题，王室墓地的陵寝和纪念神庙能保证自己永世受人敬仰。努比亚总督乌瑟萨提特（Usersatet）将为其管辖范围内的多个项目提出计划并寻求授权。

随后，按照惯例会有一队国外使者带着贡品前来朝拜，都是从遥远国度带来的珍贵有趣的物品。他特别喜欢这样的场合，期待衣着华丽的外国人向自己顶礼膜拜，这表明国家仍在世界上占据支配地位。之后，他会和妻子提娅一起用餐，并享受身旁有孩子们的陪伴。像往常一样，这里的食物和酒都是最好的。显赫的当权者的任何欲望都不会有所保留。

经常自省是件好事，阿蒙霍特普总结，但是这样的深夜不是首选。在某种程度上，他尊重辛勤劳作的普通埃及人的简单生活，他们每天都做着重复性工作，但他确实陶醉于一个事实：自己是与众不同的。是啊，无论如何，当王都是件好事！

卡纳克神庙墙壁上阿蒙霍特普二世的雕刻

经过几个小时的辗转反侧，上下埃及的统治者终于睡着了，但他并没有睡太久。尖叫声、狗吠声，以及卧室外不远处的扭打声打破了他的梦。巨大的碎裂声引起了两名守卫的警觉，他们拉开卧室的帘幕，举着几盏灯冲了进来。一个精美的方解石落地花瓶已经变成碎片。显然，阿蒙霍特普的一只拔了牙的宠物狒狒正在被猎犬追赶，这只狒狒偶尔会在庭院中溜达。两个守卫吓了一跳，立刻道歉，当他们想把碎片清走的时候，王开口了："等我明天起床再说吧，我真的要睡觉了。"守卫退下，远处传来更多的尖叫声和东西被打碎的声音。

也许终日制砖的那些人会睡得更香吧，阿蒙霍特普想，起码不会有淘气的猴子在半夜扰人清梦。但是，这就是强大公牛的生活啊！

夜晚的第九个小时

（02：00—03：00）

防腐师熬夜工作

对哈普内塞布（Hapuneseb）来说，这是极其漫长的一天，但幸运的是剩下的工作已经不多了。最近的任务比平时多，一连串的建造事故和意外死亡让新的尸体不断送来，其中几具要在几天内下葬。工期紧张，客户还要好生伺候，即便到了这个时间，哈普内塞布也不能起身回家。

一具男性尸体平躺在低矮的防腐台上，哈普内塞布从左下腹的切口伸手进去。他的胳膊没到肘部，手握一把燧石刀连刺带切。“给我拿个碗来。”他冲着马胡（Mahu）命令道。马胡是他现场的若干助手之一，拿来一个巨大的陶制容器。“凑近一点，我要把他的肠子掏出来。”哈普内塞布再次将手伸向尸体内部，抓起一把内脏，拔出黏糊糊的管子扔进碗里。“装满泡碱，再拿一个给我。”这一次，哈普内塞布要把肝脏掏出来，然后是胃，最后是肺。他希望切口再大一点。另一个同事动手切割，随后就被赶出了操作间，路过的人纷纷向他投掷石头并大声咒骂。不是针对他本人，这是人们拒绝死亡、厌恶人体遭到破坏的一种仪式——众所周知，人体是神圣不可侵犯的。不过，切开口子的工人很快就会回来，有时候哈普内塞布也会被赶走。他的工作很矛盾，既有必要，又遭人蔑视。

哈普内塞布是真正的行家里手，他善于辨认并切割特定的器官，并从这样的小切口里取出来。心脏要保持在原位——毕竟，这是人类存在与智慧的核心——但其他内脏都要取出来。如果把内脏留在尸体里，它们会变臭腐烂，不过这些内脏也要随死者一同保存。这是一项杂乱、肮脏但必要的工作。

埃及人认为心脏是人类躯体、智慧和情感的核心。人活着的时候能感受到它的跳动，死后就停止了。无论经历恐惧还是体验浪漫，人都能感受到它的节奏。另一方面，虽然在阿蒙霍特普二世的时代之前，医生们就已经发现头骨不同形式的碎裂会引发昏迷和瘫痪，甚至致残致命，但大脑似乎只是头骨中的填充物——没什么明显的功能，也没有宗教方面的价值。

盛着内脏的碗被放到一旁，内脏干燥到一定程度，就要分别放进石灰岩罐子。四个罐子的盖子上雕刻着荷鲁斯四个儿子的形象：胃罐上是多姆泰夫，肺罐上是哈碧，肝罐上是阿姆塞特，肠罐上是奎本汉穆夫。这些罐子上注明了死者的名字，将作为独立于木乃伊，却又十分重要的部分安葬在坟墓里。

是时候移除大脑了。“你想试试吗？”哈普内塞布问马胡。助手拿起几件工具，走到尸体头部旁边。他把一块带钩子的铜片塞进死者的鼻子里，用力敲打脆弱的骨头，直到触碰到后面柔软的物质。随后，他转动钩子，搅动脑子，将其捣烂，从鼻孔中取出脑子的碎片。哈普内塞布注视着马胡的操作，除了坚硬的头骨已经没有其他东西了，他帮马胡把尸体翻转过来。马胡不停地拍打尸体的后脑，一堆令人毛骨悚然的东西落在了地板上的沙子里。

“我们把他擦一下，包起来晾干，暂时就没什么事了。”趁着把脏布扔进白色的大锅之前，哈普内塞布把亚麻布从切口塞进尸体里，尽可能将内部擦干。然后，他用油和树脂从内到外擦拭尸体，用更多破布填充尸体的空隙，并在鼻孔里插进一些小布条。侧面的切口用针线和一小块薄薄的金片缝合。完成之后，尸体被抬到房间一角的平板木托上，那里有一只开口的罐子。白色的物质被一勺一勺舀出来，洒在尸体四周和上下两面，直到完全覆盖尸体。这是泡碱，一种从底比斯西北部沙漠干涸的湖底找到的东西。人们都知道能用它来脱水，却不知道还能用它造出一具可供辨识的躯体。一般来说，制作木乃伊需要七十天，到时候刷掉泡碱，就呈现出最终的成品。

泡碱是干涸湖床上凝结的天然物质，主要由碳酸盐和重碳酸盐构成。每具木乃伊都需要大量的泡碱，古代一定曾有成队的驴子拉着大篷车出入沙漠，成批运输这种防腐产业所需的原材料。

哈普内塞布对自己的工作感到自豪。如果尸体在死后不久立刻送来，就有更大可能减少异味，工作过程也会比较顺利。令人遗憾的是，除了与哈普内塞布共事的人之外，没人能够真正了解他的作品质量有多高。遗体会被亚麻布层层包裹起来，永远存放在棺材之中。至少，人们是这样计划的。身体的生命力，也就是“卡”（ka），有了一个家，而灵魂，也就是“巴”（ba），可以飞离身体和坟墓，在外面的世界轻快地飞来飞去，或是随心所欲地飞回来。

木乃伊制作的起源不详，也许是从观察自然界干燥脱水的尸体开始的。在干燥的沙漠地区，流沙过境后，

一些简易的墓穴裸露出来，人们很可能受此启发，用泡碱这样的干燥剂在较短时间内也可以人工做出类似的东西。最近不止一个史前坟墓的发掘表明，当时已使用树脂涂抹包裹尸体的做法。

哈普内塞布环顾四周。几个防腐托盘里堆着泡碱，覆盖着不同脱水阶段的尸体。干燥完成后，他们会清洗并包裹尸体，这个过程没有那么肮脏了，但依然需要小心。尸体需要用亚麻布条和布片包裹起来，四肢要单独包裹。通常祭司会在制作的过程中诵读咒语，确保死者不仅遗体得到妥善保存，并且能够重生化作不朽的灵魂。他会戴着一个象征防腐守护神阿努比斯的豺头面具，监督包裹的全过程，确保护身符安放在木乃伊正确的位置。陶瓷的圣甲虫、荷鲁斯四个儿子的小肖像都具有帮助死者复活的功能。

一只巨大的圣甲虫由石头制成，平滑的一面刻着葬礼的文字，这也许是最重要的护身符。圣甲虫将被放置在死者的心脏部位，以防留在体内的心脏出现差池。在冥界审判过程中，死者的心脏是必不可少的，审判者会把心脏放在天平的一边，另一边是真理女神玛阿特的羽毛。如果一切顺利，等待死者的将是永恒的光辉。为了完成木乃伊的制作，层层包裹的木乃伊的头部会被套上一个人类模样的面具，就像头盔一样，让这团紧紧缠绕着亚麻布的东西看起来更有人样。

木乃伊制作者先把注射器装满杉树制造的油，然后把它注射入尸体的体内，既不切开尸体，也不掏出脏腑。注射是从肠道进入腹腔的。注射后封住肛门以防倒流。然后按照规定的日期把尸体安放在硝石里，规定期满，他们就让杉树油再流出来。由于杉树油的作用，整个肠胃和内脏都变成了液态。同时，硝石已经分解了肌肉，因而这时候的尸体只剩下皮和骨了。[1]

希罗多德在《历史》第二卷中描述了
公元前 450 年左右一种制作木乃伊的廉价手法

已经很晚了，但还有个特殊的人——伊皮（Ipi），他的葬礼几个小时后就要举行，必须将遗体处理完。伊皮从一开始就特别难处理。两个多月前，他从墙上头朝下摔了下来。显然没人注意到他（或是有人看到没有在意），人死了好几天才被发现，有些人认为他是被推下去的。人们对此并不感到惊讶：伊皮是底比斯最不受欢迎的人之一。他是统治者一位亲戚的朋友的朋友，混了个监工的差事，经常虐待工人。事后人们回忆称，他当时站在墙上，想找个发号施令的好地

1《历史：详注修订本》，（古希腊）希罗多德著，徐松岩译注，上海人民出版社，2018 年第一版。——译者注

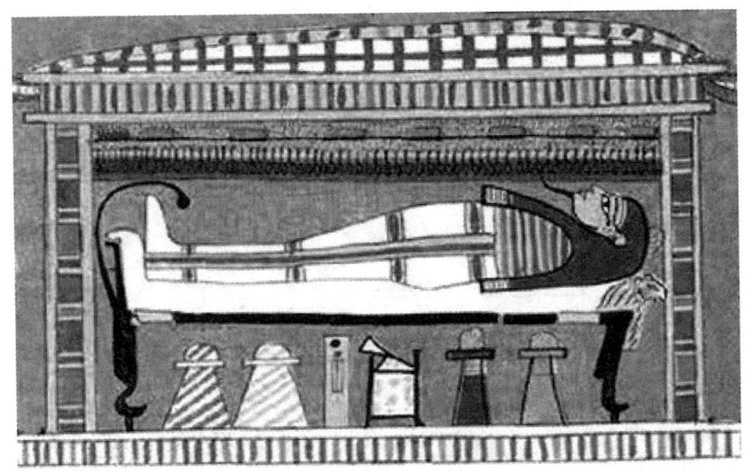

书吏阿尼（Ani）的木乃伊，以及他装在罐子里的内脏和书写工具，它们正等待着被运往坟墓

方，像往常一样辱骂威胁别人，却被绊了一跤。伊皮不光对工人态度恶劣，而且几乎以同样的粗鲁傲慢对待遇到的所有人，他的大部分家人似乎也对他漠不关心。尽管如此，他的妻子尚能忍他几分。但他的孩子，不愿意承认他。

毫无疑问，伊皮认为自己还能活很久，死亡也会很体面。在人生的最后几年，他委托别人在河流西坡的社会上层墓地里给自己建造了墓穴，包括小院、葬井和一座小庙，离他现在所处的防腐作坊不远。他的尸体被送到哈普内塞布这里的时候，已经是一摊烂泥，腐烂的地方不少，很多骨头都断了，其中包括头骨。尽管如此，这也不是哈普内塞布处理过的最糟糕的遗体。他开始研究伊皮，并使用了大量令人愉悦的芳香剂。燃香需要加倍。

伊皮的妻子巴基坦姆（Baketamun）在尸体送到后不久就出现了。她站得离防腐用品比较远，看起来没有特别痛苦，也没有心思讨论费用问题。哈普内塞布为她列出了多种选择。真正豪华的木乃伊是相当昂贵的。制作中会使用最好的材料，裹尸布质量一流，并且还会装饰用大量宝石制成的护身符。面具是镀金的，无比奢华。巴基坦姆很快谢绝了这类推荐，她问："有便宜点的吗？"

"有，"哈普内塞布回答，"我们可以用一些不太贵的裹尸布，护身符用陶瓷的，再画一个精美的面具。"

"还有更便宜的吗？"

哈普内塞布有点吃惊。"如果你这么舍不得花钱，随时可以把他拖走，在沙漠里挖个洞埋了！"他失去了耐心，"这样好不好，我们简单处理一下，不做任何修饰。你可以从家里拿一些亚麻布包裹他的身体。我们再放上护身符和普通的面具。"

"好吧。就这样吧。伊皮配不上好东西。"巴基坦姆回答，几乎没露出什么表情。

防腐工匠早已为处理伊皮做好准备，幸运的是今晚的任务也不多了：只要把他最后包起来，戴上面具就好。正牌祭司几个小时前回家了，但工作还要完成，于是哈普内塞布叫来马胡："来，穿上这个！"他命令道。沉重的阿努比斯面具戴在了马胡的头上，面具太大了，几乎包裹住他的肩膀，把他扣住了。“我看不见了！”他惊呼，面具脖子上露眼睛的位置也对歪了。

“就戴一会儿。咒语你已经听过几百遍了。我开始固定手臂的时候你就念咒。”马胡低沉的咕哝声几乎让人听不懂，哈普内塞布用伊皮妻子带来的最后一块亚麻布快速包裹捆绑，伊皮的面具一下就装在了他的木乃伊上面。哈普内塞布帮马胡摘下阿努比斯的面具，二人端详起成品。考虑到这项工作本身价钱就低，最后的样子也没有那么糟糕了。马胡看着廉价的油漆面具咯咯笑了起来。巴基坦姆应该不会在意的。防腐作坊的工人开始向家里走去，已经疲惫不堪的他们猜测着几个小时后给伊皮送来的廉价棺材会是什么样子。

夜晚的第十个小时

（03：00—04：00）

老兵的战斗梦

王驾驶着琥珀金的战车，全副武装的战士列队而行，宛若权力之主——讨伐者荷鲁斯（Horus the Smiter）驾临一般，又仿佛是底比斯的门图神（Montu）；他的父亲阿蒙赋予了他力量。

《图特摩斯三世年代记》，卡纳克神庙

真是难熬的一周，埃及军队和亚洲敌军激烈地厮杀了一场。虽然埃及一方也遭受了不少损失，但和敌人相比根本算不上什么，那些没能转身逃掉的人全部被消灭了。埃及拥有最好的弓箭手和步兵。梅里莫斯（Merimose）就是后者中的一员，他喜欢挥舞战斧和弯刀与敌人以命相搏，尤其喜欢在地面上与对方近身肉搏。尽管有几次势均力敌，但摔跤总是以对手死掉告终。

战车驭手和俊美的马匹是埃及军队中最凶猛且令人生畏的存在。他们行动迅疾，杀伤力强，配合机动的弓箭手，给敌方造成了极大的威胁。在他们前面的是阿赫普鲁拉·阿蒙霍特普，他驾驶着镀金的战车，激励着战士们宣告胜利，因为随着时间的推移，断手数量越来越多。每具尸体砍下一只手，是一种准确统计死亡人数的好方法。

是的，对梅里莫斯来说，这是一个好日子。他站在一具已经倒下而尚未断手的尸体旁边，搜刮对方身上有价值的东西。由于注意力不集中，他没有为接下来的事做好准备。战场上有个“死人”爬了起来，梅里莫斯扭过身去，对方用准备好的匕首对着他的后背刺出致命一击。

梅里莫斯一下惊醒了，他从睡觉的低矮砖台上摔了下来，梦也被打断了。这不是他第一次梦见战争，这样的梦经常出现。如今他已经六十多岁，他有过二十多年身为战士陪同王作战的经历，这让他积累了大量动人心魄的回忆。村里年轻的男孩和年长的男人无不敬仰他。他只剩下一只眼睛，少了几根手指，是战争中的幸存者，那些军队里的英雄故事让听众们着迷。他有很多令人难以置信的逸事，其中很多都是真的，这些故事源自那段跟随前任统治者图特摩斯三世的冒险经历。

梅里莫斯出身贫寒，家里有很多孩子，是军队中典型的那一类人。年轻时，他对生活感到厌倦，没有结婚，想找一些比锄地和收割更刺激的事来做。家里的耕地小到不起眼，却有很多人耕种照看。他在二十岁的时候加入了军队，这让他的父亲十分宽慰。这样就少了一张吃饭的嘴。如果他一直在外闯荡，赚到的一定比在家种地更多。

继母哈特谢普苏特去世后，不合礼法的“联合执政”时代结束，王朝的第三位图特摩斯开始独立统治国家。正如在乱世和变革中常见的那样，被埃及压制的外敌开始反抗，需要对他们采取惩戒措施。图特摩斯三世立即挺身而出，召集大军向东进发，向世人宣告埃及仍是这片土地的统治者。梅里莫斯非常兴奋，他第一次尝到战斗的滋味，从此对战争产生了永不满足的渴望。图特摩斯没有让他失望。在接下来的三十年里，这位统治者组织了大约十八次军事行动。

第一次东征最令梅里莫斯难忘，他对自己身处的军事行动规模之大敬畏不已：士兵排着长长的队伍，带着武器、马匹和战车，还有一队驴子支援他们。在此之前，他从未离开过底比斯一带，沿途有太多新奇的东西值得一看。他乘坐运兵船沿尼罗河北上，沿途景色令人着迷。他经过神庙和金字塔，第一次意识到这片黑土地是多么辽阔。向东进军的过程中充满了新的体验。战争来得太快，初生牛犊梅里莫斯奋勇杀敌，置生死于度外。刺穿、砍击、棒打……这些滋味他全都品尝过！此时此刻，正需要他和新结识的战友们一起征战沙场。事实证明，多数小城镇都出人意料地易于攻占，有些则需要用围城的方式消耗城内的战斗力。这是一堂关于战争的复杂课程。

征战伊始，有人听说一股由卡叠什人（Kadesh）领导的反埃及联盟势力在该地区出没，正在米吉多城（Megiddo）活动。埃及军队发动闪击，迫使对方在绝望中丢盔弃甲，逃到城墙的另一边去了。场面一瞬间非常混乱，大部分米吉多城的首领和士兵逃进了城里，许多埃及士兵趁机将对方丢弃的物资据为己有（梅里莫斯为自己抵制住了诱惑而感到骄傲）。埃及人用壕沟和附近的树木围城，无人从中逃脱。经过七个月的围攻，敌人终于投降了。对年轻的梅里莫斯来说，自己仿佛在这里耗尽了一生的时间——他学到了这支队伍最重要的精神：耐心和创造力。最终，他发现这就是常胜的秘诀。

胜利激励了图特摩斯和他的部队，因为生还的人会变得更加富有。梅里莫斯是受益者之一，图特摩斯本人更不必说，大批俘虏和战利品向西送往埃及。梅里莫斯和其他老兵各自分得一块田产，虽然面积不大，但大家都很高兴。自从七十年前，外族统治者喜克索斯人被赶出埃及以来，在东部和南部努比亚都发生过军事冲突，但无人拥有图特摩斯三世这样势不可当的力量！

喜克索斯人统治的耻辱不能忘记，颇具讽刺意味的是，他们统治埃及的一些手段最终成了埃及人对付他们的方法，尤其是马和战车。这是一种与众不同的复杂武器，但是十分高效。马匹多是从占领的东部地区引入的，需要特殊训练，驾着木质加固战车的士兵也需要特殊训练。战车驭手是一个特殊兵种，是步兵的精锐补充，梅里莫斯钦佩他们的技术和勇气。二人乘坐的战车需要两匹马拉动。其中一个士兵是专业弓箭手，另一个士兵一手拉着缰绳驾驭飞驰的骏马，另一只手拿着盾牌保护自己和同伴。在米吉多战役中，埃及人俘获了2000多匹马和900多驾战车。

埃及军队组织严密，最高指挥官是统治者本人，实际履行职责的常是他的某个儿子。军队整体分为南北两个军团，各由一位高级军队指挥官领导。下分若干部分，包括10人的小队、50人的排、500人的连，最后是5000人的师。当然，还需要文书记录物资、伤亡以及俘虏和战利品的情况。此外，还要有船队将人员和物资就近运输到港口，把征服的胜利果实带回家。

梅里莫斯的大部分训练都是使用锋利的武器进行一对一搏斗。他曾经尝试做弓箭手，但并不擅长。砍砍杀杀是他的强项，在两次远征中，他刻苦训练格斗技巧，保持身体素质。尽管如此，还是会受伤，他也目睹过许多战友惨死。在一次战斗中，长矛夺去了他的一只眼睛，几根手指被一把锋利的剑刃削掉。一名战友赶来干掉了敌人，把愤怒的梅里莫

斯拉到后方接受军医的治疗。战士们幸运地得到医治；埃及的医生很受其他国家人民的尊敬。

尽管偶尔遇到挫折，梅里莫斯还是享受着这一过程，尤其是当他回到家乡，看着河岸和街道两旁欢乐的人们排起长队迎接军队。欢迎的场景十分壮观，巨大的船只在尼罗河上航行，陆地上成排的步兵举着木头长矛和牛皮盾牌行进，后面跟着背负弓箭和箭筒的弓箭手。每个战斗单位的配备标准都很高，有战车驭手，有训练有素、喷着鼻息跃腾的马匹，还有身着华服的战地军官。一切都是最好的。

年迈的梅里莫斯特别喜欢讲述自己沿着大绿海（即地中海）海岸征服约帕（Joppa）的故事。埃及将领杰胡蒂（Djehuty）与城内的首领谈判，表示愿意提供两百筐食物和其他补给。但对方不知道每个筐里都藏着埃及士兵，士兵钻出来打开了城门。由于体型较小，梅里莫斯入选执行这一死亡计划，并最终获得了成功，对约帕的围攻很快结束。

但是，经过多年的战斗，梅里莫斯越发感到疲惫，大约四十五岁的时候，他怀着复杂的心情结束了军旅生涯。他当然怀念与战友们一起战斗的激情，那段由魅力超凡的统治者曼赫珀拉·图特摩斯（Menkheperre Thutmose）领导的岁月。与此同时，他也为其他人没能幸存，自己却活了这么久感到惊讶。幸运的是，大家族中的人都很喜欢他，对他照顾有加——毕竟，他们当中有人会继承他的土地。

现任统治者阿蒙霍特普二世为自己营造了一个强硬的形

象，但到目前为止，他发动的军事行动数量远少于他的父亲。不出所料，亚洲人在图特摩斯去世后就开始制造麻烦，阿蒙霍特普必须做出回应。在一次成功的突袭中，他亲手用棍子打死了七名外国首领，并在王室船只返回底比斯时把他们的尸体挂在船头。回到底比斯后，其中六具尸体被挂在城墙上；第七具腐烂的尸体运往努比亚，同样悬尸示众。曝尸是为了传递一个信息，即埃及是胜利者，不会受到威胁。这个消息已经广泛传播，图特摩斯三世之子同样是不可小觑的力量。

一位新王国战士法老与敌人战斗

埃及有几个庇护战争的神。主神阿蒙拉主司攻敌，与以猎鹰形象示人的底比斯的门图神相同。女神塞赫美特（Sekhmet）是一副母狮的形象，主要负责给己方以庇护，对敌方残忍而凶猛。

梅里莫斯爬回砖台上，眯起仅剩的一只眼睛，希望重拾自己在异国他乡的战争梦。接下来的长夜之梦并没有满足他的心愿，他梦见唱着歌会飞的鳄鱼从愤怒的猴子那里抢走了一篮子鱼，还梦见和一个死去很久的朋友因为一块不见的缠腰布而大打出手，以及二十个跳舞的姑娘一动不动地站在砂岩采石场上。在这些梦境里，在太阳从东方升起，宣告新的一天来临之前，梅里莫斯又从砖台上摔下来三次。

夜晚的第十一个小时

（04：00—05：00）

阿蒙拉的祭司苏醒了

致敬阿蒙拉！两片领土之主啊，你居住在卡纳克的圣所之中。

母神的公牛啊，居住在旷野之上，在南方有着广阔的牧群。

阿蒙拉的赞美诗

帕瑟（Paser）睡得正香，突然被人粗鲁地一脚踢醒。“起来！该你了！”他环顾四周，几盏油灯昏暗地照着房间，屋里堆放着几十个稻草填充的床垫，每个床垫上都躺着光头的男人，纷纷挣扎着醒过来。“到时间了！”熟悉的声音响起。这是占星家伦尼（Renni），他总能准确预知太阳何时升起，以及大家需要多长时间完成他们最重要的工作。

这些人是伟大的底比斯之神阿蒙拉的祭司。阿蒙拉作为众神之首享有盛誉，埃及人认为他是此前几代国运昌盛的原因所在。他与太阳合为一体，是造物主，也就是上帝。卡纳克神庙就是它力量的佐证。神庙已经相当宏伟，随着财富的不断增长，其规模还在继续膨胀，同样膨胀的还有维持它运转的官僚系统和全职雇员的数量。

位于底比斯的卡纳克神庙是世界上最大的宗教建筑，占地超过100公顷。这座建于中王国时期（约公元前2050年至公元前1650年）的神庙在新王国时期得到了极大的扩张，并在随后的一千年中不断修缮。除了阿蒙拉主神庙之外，还有较小的供奉其他神祇和统治者的庙宇和神龛，以及许多塔门、方尖碑和布满高耸圆柱的大厅，确实规模庞大。

帕瑟丢开亚麻布被单，在腰间缠上一条褶裙，肩上裹一条披肩。到每天早晨例行公事的时候了。太阳升起时，正是神祇沐浴、更衣、饮食的时候，有许多准备工作要做。祭司们聚集在神庙外院的宿舍外面，前往院子中的圣湖完成自我净化。他们衣着相似，而且全部光头，除了体型和步态之

外，很难从闪烁的火炬光芒中分辨彼此。

到了湖边，祭司们把衣服留给侍者，沿着石阶进入水中，直到湖水将自己浸没。每个人都是光洁无毛的，这是日常保持清洁的一部分，也是他们的工作之一。有人递过一碗水，祭司们逐个从中啜饮一口后吐掉。这是泡碱水，神不喜欢口臭。

无论做了多少次，帕瑟都没办法习惯刚刚醒来就泡在冷水里。他一直格外干净整洁，即便不是这样寒冷，也会保持警觉。祭司们擦干身体，侍者递上白得发亮的干净长袍，开始为清晨的仪式做准备。

几年来，帕瑟一直从事祭司的工作。他的父亲是阿蒙霍特普亲自任命的祭司，帕瑟继承了这一荣誉。祭司的存在是必要的。理论上说，统治者是为所有神祇服务的大祭司，取悦神灵，福泽四方。但实际上，他分身乏术，尼罗河上下游有数十座小神庙，努比亚的神庙数量还在不断增加。重要的大城市一般都有主神，比如底比斯供奉阿蒙拉，孟斐斯供奉普塔神，此外，每个地区似乎都有自己特殊的守护神。

如果供奉阿蒙拉还不足以让帕瑟和其他祭司忙碌起来，那么还有扮演着重要角色的神祇的亲戚们，同样需要敬拜。在底比斯，阿蒙拉的妻子姆特（Mut）有自己的神庙，并有供奉自己的祭司。他们的儿子孔斯（Khonsu）同样不容忽视。这样的祭祀需要大量人力物力作为支撑。底比斯的阿蒙拉神庙有大片土地，其中大部分出租给佃农，他们靠劳动谋生。余下的谷物和其他农产品会送进神庙的粮仓或储藏区，用以养活这里的上千人。这里还有大量的牛群，以及通过捐赠、供奉或武力获得的各种物品。

埃及各个神庙中的祭司的工作是为神服务。与西方世界的牧师或拉比不同，他们不会接受教区居民的个人咨询。他们的工作是举行必要且适当的仪式来安抚神祇，这主要是为了代替统治者本人履行最高祭司的职务，而不是为了接受埃及普通人的膜拜。

为了给神祇准备食物，也为了维持祭司和圣地工作人员的生活，这里需要制作面包和啤酒的手工业者，需要加工肉类的屠夫，纺织工人要为祭司和盥洗工不断提供亚麻布，以保证所有物品的清洁和纯净，同时还需要大批从事其他专门工种的工人。因此，为了监督和追踪所有资源和人员的流向，需要配备相当规模的官僚机构——其中有大量监察员、书吏和会计也是不足为奇的。

帕瑟的头衔是阿蒙拉的第四祭司，一个很重要的职位，当然不如第三、第二和首席祭司那么重要。假以时日，等到其他职位有空缺的时候，比如其他祭司去世了，他就可以一步步往上爬，没有关系。帕瑟祭祀的是埃及的主神，他的头衔足以给神庙之外家乡的普通人留下深刻的印象，他们住在尼罗河上游，离这里有几天的脚程。

像多数祭司一样，帕瑟并不倾向于做全职祭司。在家时，他是专业书吏，每年只为底比斯神庙服务三次，每次一个月。轮换制度能够避免祭司的实力过于强大，帕瑟认为这样自己的工作也轻松了许多——总比当全职祭司要好得多。至少在最初的时候，他总是期待着来履行职责，这样他能暂时远离常规的记录工作。他喜欢这里的同事，大家都是受过教育的人，虽然这并不能阻止宿舍中响起鼾声。作为掌握着宗教仪式知识的文化人，在进入神庙祭祀之外的空闲时间，帕瑟经常为邻里提供礼仪服务，贴补自己书吏工作的收入，比如在某些紧急的情况下代笔给某人故去的亲属写信。

身体洗干净，神志也清醒了，祭司们摸黑穿过中央庭院，来到一个更小的区域。这里仅限祭司和一些协助举行仪式的必要人员进入，越向里走，能进去的人越少。帕瑟偶尔会想，埃及人对阿蒙拉神庙里的事究竟知道多少。一道高墙将神庙建筑群从底比斯划分出来，围墙上有“禁止入内”的标志。即便是有资格进入神庙的普通人，也止于外院做事。人们进入院子的一大目的是把小石碑放进来，用以感谢神灵听到了他们的祈祷。这些小石碑上一般会有一个或多个耳朵的造型。来访者能看到大量工人工作，但通常不允许再向里走，成对的塔门是通向圣地的大门。

阿蒙拉神

如果继续向前走，他们会看到眼花缭乱的彩色装饰柱子支撑着屋顶。白天，靠近天花板的墙壁上会有阳光从方形的间隙射进来。周围的墙壁上刻满了铭文，展示图特摩斯三世和现任统治者阿蒙霍特普二世等人的成就。这里矗立着闪闪发光的方尖碑，几英里[1]外都能看到，还有塞满奇珍异宝的侧殿。其中一间是船的样子，即节日时运送神像的带神龛的小船。每个区域的面积都缩小了一些，直到最后一个房间：圣坛是神祇的居所。

东方微弱的光芒预示着清晨的仪式将在片刻后开始。借助火把的光芒，帕瑟看到神庙内的庭院像往常一样洁净，这是瓦布祭司的工作，作为新手，他的工作是确保每个地方、每样物品都妥当干净，包括所有与仪式相关的物品。最后一个房间前摆放着桌子，供奉

1　1 英里约折合 1.61 千米。——译者注

着大量献给至高无上神祇的精美食物和酒水，炉子里放置了大量香料，一套微型服饰和珠宝，以及油、化妆品和细麻布。

帕瑟和其他祭司们排成一行，内殿的门打开了。仪式的每个阶段都伴随着庄严的咏颂。房间里的熏香点燃了，一位祭司开始朗诵阿蒙拉的赞美诗，其他祭司也加入进来：

你的美丽闪耀在南方的碧空，
你的温柔照亮了北方的苍穹。
你用完美征服了心灵，
你的温柔使双臂垂下，
你完美的身躯使双手失去力气；
看见你，心脏仿佛停止跳动。

小房间的最后面有一个石头神龛，门封住了，阿蒙拉的首席仆人在火炬光芒的照射下走上前来开门，咏颂着相应的咒语。随着门向内推开，神祇的非凡容貌显露出来。这是一座镶嵌着眼睛的石头雕像，打扮成王室成员的模样，佩戴着具有象征意义的珠宝。雕像只有正常成年人一半大小，但帕瑟和其余祭司无不对其感到敬畏。

埃及的祭司并不会对宗教雕塑本身顶礼膜拜。他们相信，神确实存在并居于某一实体之中，可以在其居住的圣所中直接接受世人的赞颂。

首席神仆负责仪式中的大部分内容。首先，他需要为神祇去衣衫以便清洗。衣服放到一边后，用干净的细麻布清洁雕像，再抹上香油。化妆品用来涂抹面庞，然后为神穿上干净的衣服。这是一套固定的流程，先穿一件干净的白衣服，再套一件绿衣服，然后是一件红衣服。各式各样的珠宝也拿了出来，阿蒙拉戴上一条金项链和王冠，最后毕恭毕敬地为他套上一件精致的亚麻长袍。帕瑟和外面的祭司们继续取悦神灵：

凡是人眼所见，皆由神创造，

神只一开口，就让牧草生长，牧养牛群、山羊、猪群和绵羊……是神创造了河中的游鱼、空中的飞鸟，

让蛋壳里的东西有了呼吸；

让蛇的后代得以存活；

让苍蝇有了生计，

爬行的动物，跳跃的动物，诸如此类。

给洞里的老鼠食物……

向你致敬，万物的创造者！
你是唯一，有无数的臂膀！
所有人沉睡的夜晚只有你还醒着
为你的信徒谋福利。

神已经为新的一天做好准备，只差食物了。咏颂和讴歌没有间断，美味的食物和一罐罐饮品已经放到了阿蒙拉面前。首席神仆缓缓后退，离开圣所，扫去所有可能带来恶劣影响的足迹，然后关上门，用打结的绳子和一团黏土将其封住。本日清晨参拜阿蒙拉的工作结束了，他穿戴整齐，也接受了供养。

之后，在中午和晚餐时至少还有两次祭祀，随后神灵会被锁在神龛之中，直到第二天清晨到来。循环周而复始，日复一日，贯穿了帕瑟全部的服务时光。有时候，遇到某些节日，阿蒙拉会离开他的居所——当然是在他人的帮助之下——并确实离开神庙。从世俗的角度考虑，帕瑟很享受这段在神庙中服务的时光，大部分时间都能获得好处。比如，他可以吃得很好。为了取悦神祇，供奉的食物堆得很高，供奉结束后会分发给祭司们。这份神圣的剩饭是这片土地上最好的东西，也许只有王的饮食才能媲美。

在仪式之间，祭司们还有许多事要做，其中包括剃毛，由其他祭司来剃除帕瑟无法触及的部分。神庙中的档案可供他研究一切感兴趣的问题，而最让他高兴的是，祭司间相互友爱，常常一起讨论问题。今天清晨，帕瑟提出了一个问题："当我赞颂阿蒙拉创造了蛇、苍蝇、洞中老鼠这类爬来爬去的动物时，我并不高兴，这是否是不应该的？这些我一个都不喜欢。蛇很危险，苍蝇很讨厌，在家里的时候，老鼠总想着偷跑进我的粮仓！"多数人都同意帕瑟的看法，这让帕瑟感觉很好，自己不是孤单一人。但吟唱和咏颂还是会像往常一样继续下去，毕竟，这些是千百年来传颂的词句，是来自伟大的底比斯之神阿蒙拉的要求——赞美苍蝇、蛇和老鼠。

节日期间，祭司们抬着装载神像的船

夜晚的第十二个小时
（05：00—06：00）

农民开始新的一天

现在必须承认的是，他们比世界上其他任何民族，包括其他埃及人在内，都不需要费那么多辛劳而获得田地的果实。因为，如果他们要想获得收成，既不需要用犁犁地，也不需要用锄锄地，不需要做其他耕耘者必须做的工作。农夫们坐等河水自行泛滥，漫到田地里灌溉，再等河水自行退回河床，然后他们把种子撒在土地上，让猪上去把种子踩踏进土里，此后便只是坐等收割了。他们是用猪来打谷的，然后把粮食储存起来。[1]

希罗多德《历史》第二卷

1《历史：详注修订本》，（古希腊）希罗多德著，徐松岩译注，上海人民出版社，2018年第一版。——译者注

太阳刚刚从东方的地平线上冒头，荷努（Henu）就从小屋的睡垫上醒了过来。为了不吵醒熟睡的家人，他轻轻抖了抖亚麻单子，站起身来伸懒腰，然后走进另一间屋子准备开始工作。他从角落里抓起一罐啤酒，出门前往里扔了一大块面包和一块洋葱。天气还有点冷，但随着热浪从东方升起，温暖很快就会到来。

又是忙碌的一天，尤其到了每年的这个时候。泛滥了几个月的尼罗河洪水终于退去，周围许多田地因为河水沉积的肥沃淤泥而焕然一新，播种实际上已经开始了。荷努的田地比较容易打理。这块地是从阿蒙的神职人员那里租来的，对方需要收取一定数量的收成——对荷努来说，是大部分收成——放入他们的粮仓和仓库。尽管如此，剩下的食物也能够维持家庭一整年的生活，还有剩余食物可以用来和其他行业从业者交换。

一般来说，除去播种和收获的忙碌之外，种植小麦和大麦——埃及人的主食面包和啤酒的基础原料——相对比较容易。一年一度的洪水期，农田会在水里泡几个月，等到洪水退去，田地的边界需要重新整理，灌溉的渠道也要修复。土地有时需要耕种（也可能不需要），这可能是繁重的体力劳动，也可以借几头牛来做劳力。

埃及历法中，一年由十二个月组成，每个月三十

天。一年额外有五天被指定为神的生日，用来补全实际的太阳年，也就是我们现在所理解的一年365.25天，以及因此产生的现代历法中的闰年。作为以农业为基础的社会，埃及一年分为三个季节，每季四个月，分别是洪水季、种植季、收获季。特殊节日的选择因统治者而异，例如在阿赫普鲁拉·阿蒙霍特普统治的第十二年，节日选在了收获季第三个月的第十七天。

今天，荷努需要把田地一角的土块打碎，这需要很大的力气，之后才能播下种子。当然，他还有一头奶牛、两只山羊和一些其他牲畜，但奶牛是用来挤奶的，山羊又不愿意带上挽具。幸运的是，他的邻居兼好朋友瑟尼（Seni）是牧民，为了从他手里交换一篮蔬菜，愿意把两头结实的公牛借他用几个小时。瑟尼已经起床，解开了拴牛的绳子，两头公牛很快来到田边。凭着毕生劳作的经验，他用轭把两头公牛肩并肩套在一起，用绳子拖起一个大型木犁，把田地犁出一道道深痕。

新王国时期的古埃及人没有硬币或其他形式的货币，面包和啤酒是常规的支付方式。物物交换的情况很常见，有一种交换单位叫作“德本”（deben），以90

克铜作为等价物。各种商品的价格可以通过与这一等价物的比较来评估。

田地大约需要花费几个小时来耕作，有时候作业相当艰苦。即便瑟尼不吝惜公牛的力气，荷努也还要把犁向下压一压，以保证耕作效果。之后播种就容易多了。只要穿戴上装满种子的布包，用手把种子撒开，再让羊、猪、驴或牛把种子踩进土里即可。种子的生长需要保持水渠通畅，没有杂物。接下来的几个月里，谷物将会发芽，除了偶尔除一除杂草，有需要时赶一赶土地和河水中的害虫之外，几乎不需要什么照料。

看似轻松的工作让社会上层对农民这一职业产生了居高临下的看法，他们认为农民有些懒散，但事实并非如此。许多农民需要全年种植某些特定作物，包括蔬菜、水果，如洋葱、黄瓜、甜瓜、生菜和葡萄。他们的小块土地在高地上，需要不断浇水和维护。在多数情况下，耕作是纯手工完成的，灌溉用水也需要用又大又沉的罐子反复搬运。

除了对体力的消耗，田野间还潜伏着其他危险，比如蛇和蝎子。尤其是眼镜蛇，人们非常害怕，特别是当土地植被茂密起来的时候。偶然遇到一次，很快就要倒霉，眼镜蛇的咬伤往往是致命的。十几年前，荷努的父亲就死于毒液，当地的医生尝试了各种药物和魔法咒语也无济于事。

耕作土地，准备播种

其他蛇也很危险，比如蝰蛇，最好不要惹它生气。但眼镜蛇也能短距离喷射出毒液，如果射到眼睛里，常常会导致失明。

蝎子也是个大问题。它们几乎无所不在，无论是岩石下面还是家具背后，随时准备出其不意地把刺扎进人的手脚。蝎子蜇人虽然很疼，而且会有发烧的症状，却很少能把成年人杀死，但对儿童来说还是很危险。蛇和蝎子都会钻进家里，它们喜欢躲藏，会在受到干扰时做出反应。

作为一种令人畏惧的危险生物，眼镜蛇在古埃及是力量的象征。它有时会出现在王室头饰的前额部位，

体现统治者的威慑力和指挥权威，以及保护和捍卫他的女神；她被看作太阳神的眼睛。

每年河水泛滥的时候，虽然无法种植谷物，多数农民也不会坐下休息。他们会被安排在家中做其他工作，也会去给其他行业做帮手。有时，他们会作为劳力被招募进一些国家项目，即便不是强行征召，也足有成千上万人。荷努听说北边那些巨大的人造山峰——即古代统治者的陵寝——就是以这种方式建造起来的。他家里有妻儿，还有蔬菜要照看，宁愿待在家里，也不愿被征召到其他地方去工作。

古埃及文学作品《对各行业的讽刺》(*Satire of the Trades*)向接受培训的年轻书吏们发出警告，提醒他们包括务农在内的普通工作的恐怖，其中特别提到了葡萄种植者："酿酒人肩负枷锁，肩膀上是年岁的痕迹。他脖子上的肿块正在溃烂。他早晨浇韭菜，晚上种香菜，中午在海枣林里穿梭。这是一份比其他任何职业都要疲惫的工作，最终力竭而亡。"

收获也不是什么轻松快乐的事。谷物的茎需要手工割

断，然后脱粒、筛选。松散的谷子堆在屋子旁边简易的家庭粮仓里，但大部分要交给土地所有者，对荷努来说是阿蒙的神职人员。他们会在某一刻带着书吏出现，把自己的那部分收走。谷物秸秆可以用作动物饲料，也可以供制砖工使用。收割亚麻也不是件容易事，这种植物需要经过多道加工，才能把纤维转化成布料，但这是织布工的工作了。

即便有了铜一类的金属可用，埃及农民普遍使用的仍是装有锯齿状燧石刀片的木镰刀。这项工艺始于早期农耕时代。木柄会随着时间的推移腐烂，但不会腐烂的石镰刀刀片向考古学家表明，某古老遗址上曾经从事过农业活动。

在瑟尼的帮助下，荷努大概再有一个小时就能完成这片田地的养护工作，随后他会去检查田地周边的水渠。如果一切顺利，快到中午的时候他可以回家吃几口饭，然后把工具放在驴背上向菜园出发。荷努觉得自己应该邀请瑟尼来吃晚饭。瑟尼还没有结婚，经常睡在树枝搭建的简陋棚屋里。荷努经常邀请他过来，但妻子穆坦维亚（Mutemwia）并不赞成，她觉得瑟尼讲话下流又无聊。她说，他经常带着一身酒气，来做客时肆意饮酒，对自己客人的身份毫无自觉。她说

得可能有道理。

荷努知道，当他检查灌溉系统，回家稍稍停留，会看到穆坦维亚正忙着做面包。接下来，她要准备开始做晚上正餐的食物了，这也是荷努一天中最精彩的时刻。主菜通常是用自家菜园里的蔬菜做成炖菜，加些盐和香菜，或是交换得来的食材。有时候，餐桌上会有烤鱼。家住另一头的渔夫马努在收成好的时候，几乎总会有鱼能够交换。

新王国时期许多埃及上层官僚的墓穴中绘有壁画，其中有描绘农业活动的场景，这是寄托了人类乌托邦式来世生活幻想的一部分。有趣的是，人们可以看到这些穿着精致亚麻褶裙的富有官僚或墓主与妻子一起在田间犁地，这显然是为了表现丰收是多么轻松。祭奠死者的场景通常是摆满农产品和大块肉的桌子。某些情况下，人们还会把装着食物的篮子放进坟墓，作为木乃伊的食物。

有时候，荷努会宰杀家里的羊或猪，特别是当它们繁育数量比较多的时候。羊尾的脂肪特别有用，可以用作煎炸的油料。然而，奶牛却是万万碰不得的。它每天都会产出牛奶供人饮用。牛肉是富人的食物，荷努家大概一年才能吃

上一次，而且得是遇到特殊的庆祝活动，比如婚宴，或者葬礼。

荷努使劲把犁往下按，他的朋友牵着牛在前面走。虽然是牧民，但瑟尼看管的牛没有一头是自己的。这些牛和荷努耕作的土地一样，都属于神庙，报酬一般是定期定量配发的面包和啤酒。工作偶尔遇到困难，但多数情况下能够吃饱喝足，身体健康。他常常需要从一个地方移动到另一个地方，度过大量枯坐的时光。不过面对不同的情况，瑟尼具备一些职业技能，其中包括为动物处理小伤口，把愤怒的动物相互隔开，以及接生和照顾新生的小牛。在极端的情况下，遇到疑难杂症时，他会找兽医来处理。

埃及人每年都担心尼罗河的水位。如果水位过高，可能对村庄造成破坏。如果水位太低，农作物的产量很可能会减少，在极端恶劣的情况下还会发生饥荒。沿尼罗河设有水位追踪设备，学者们称之为尼罗河水位计（Nilometer），其中一些至今仍在使用。人们祈祷着、安抚着尼罗河的河神哈碧，他通常被描绘成一个绿皮肤，头顶长着植物的胖子。

眼下耕地工作还在继续，瑟尼牵着牛在田间行进，荷努

则卖力地翻动泥土。太阳继续沿着同一条路径划过天空，就像黑土地上农民的生活一样，周而复始。对他们来说，工作永远不会停止。

白天的第一个小时

（06：00—07：00）

家庭主妇做面包

统治者向伟大的奥西里斯献祭，祭品包括 1000 块面包、1000 罐啤酒，牛和家禽，雪花石膏和衣服。

葬礼墓志铭中关于供品的典型铭文

阳光照进屋子的时候，穆坦维亚终于醒了。她能听到远处牧民瑟尼在对着公牛大喊大叫。非要弄得这么吵吗？穆坦维亚想，忘了自己还要起床。她睡过了头，但已经起床，盘算着自己这一天的活。今天，她要挤牛奶，给孩子们和荷努寡居的母亲卡塔贝特（Katabet）准备食物，做面包酿啤酒，缝补浆洗衣服，照料家畜，然后给家人准备饭菜……家务无穷无尽。

环顾这座只有三间房的小屋，除了出生、死亡和偶尔的庆祝活动、宗教节日，每天的生活都是一样的，但她很少想这类事。每天早晨醒来时，丈夫一般已经去工作了，孩子们在她身边熟睡，婆婆在附近打着呼噜，动静很大，接二连三。

穆坦维亚抓起一个牛奶罐，差点被屋前两只嘎嘎叫的鹅绊倒，明亮的光线让她眯起眼，向拴在门口的奶牛走去。奶牛几乎没注意到她，埋在盛满饲料的容器里不停咀嚼。穆坦维亚走进屋里，叫醒孩子们，给他们每人一碗浸着牛奶的面包。卡塔贝特也起身和孩子们坐在一起，穆坦维亚穿上一条简单的齐腰褶裙，这就是她一天的装束。

穆坦维亚只有三个孩子，两个男孩不到四岁，一个女孩六岁。但他们都太小，没办法在田间家里帮忙，虽然女儿经常跟着她有样学样。卡塔贝特负责照看孩子，这样穆坦维亚才有时间工作。卡塔贝特身体有些虚弱，牙几乎掉光了，她的任务就是让孩子们远离麻烦和危险，顺利度过童年。

家里的面包和啤酒快没有了，又到了制作这些经典埃及主食的时候。尼罗河为农业带来福音，黑土地上的居民永远不会挨饿，即便它偶尔让人失望，大大小小的粮仓也有节余。这里的土地非常肥沃，有时候，利比亚和迦南的部落会跑到下埃及地区躲避饥荒。

田里的谷子在转化成面粉的过程中会裹进不少粗砂。如果遇到沙漠来风，砂砾会更多。这可能会对居民的牙齿造成一定损害，人们在挖掘出来的头骨或木乃伊上发现大量严重磨损的痕迹，即为佐证。

筛选和称量小麦，准备制作面包

穆坦维亚把手伸进房子旁边的砖砌小谷仓里，提出一篮粗粮，放在石磨上。她跪下来，往石磨上撒了一把谷子，身体前倾，用圆石把谷粒碾成面粉。就这样来来回回，把面粉倒进一个浅碗里，然后再加一把谷子。面粉够用后，她往碗里倒了一些水，开始揉面，用双手搅拌、抓握、扭转。

烘焙方法有几种，穆坦维亚有时会把生面团填进锥形的陶模里，在下面或旁边生起火来。她还有一个小圆顶窑，可用于加热，薄薄的面团可以拍在窑壁上，等到熟了便会剥落。穆坦维亚选择了前者，拿出几个制作模具填满，然后把它们放进燃着小火苗的灰烬里。只要不烤得过头，就没有问题了。

面包是神庙中常见的供品，有时需求量很大。在新王国拉美西斯三世统治时期，一次庆祝阿蒙拉和底比斯其他神祇的节日用去了 2 844 357 个“精品面包”。

除了做面包之外还要酿啤酒，要从河里打干净的水，不过酿啤酒相对比较容易。穆坦维亚把几大块麦子面包塞进靠在墙上的大罐子里，给每个罐子中加上几颗来自荷努花园里的海枣树的海枣，有时候也会加点蜂蜜。最后，她在罐子的一侧画上记号，以便与水和旧啤酒的残渣区分开来。

人人都喝啤酒。似乎它能带走一些河水中的怪味道，让河水喝起来更加健康。但酒不能太浓，否则会影响工作。穆坦维亚深知这一点，小心控制着发酵过程。几天后，啤酒做好了，过滤掉黏糊糊的麦子面包残渣和潮湿的枣就可以喝了。尽管如此，如果喝得特别多，也会烂醉如泥，瑟尼就是活生生的例子。

像牛肉一样，葡萄酒只有有钱人或偶尔举办特殊节庆活动时才能喝到。但由于荷努的园子里种了葡萄，穆坦维亚自己试着酿了一些。看起来并不难：把榨好的葡萄汁放进罐子里就行了。但最后的成果并不理想。酒太甜了，卡塔贝特喝了很多，醉得发傻。肯定还有更好的办法。专业酿酒人肯定是专家——穆坦维亚看见过，从底比斯靠岸的大船上卸下了大量特殊的葡萄酒容器，从人们对这种酒的旺盛需求来看，自己的水平肯定还与酿酒人相去甚远。听说很多船是从下埃及过来的，还有从迦南甚至更遥远的外国驶来的。

面包做好了，啤酒也酿上了，还有很多工作要做。下一项是洗衣服。只要孩子们离河岸足够远，就可以跟在她后面玩耍。

穆坦维亚头顶着一个大篮子向尼罗河边走去，篮子里装满了褶裙、短裙、上衣、连体裙和缠腰布。河边光滑的石头可以用来摩擦敲打污渍。由于常年在田间和园子里干活，荷努的衣服经常很脏。但孩子们很少弄脏衣服，他们大部分时间都赤身裸体，有无数种方法把自己身上裹满泥土或灰尘。

洗衣区是穆坦维亚和其他妇女一起工作，收听全部本地新闻的好地方。这里有政治谣言、绯闻、各家新鲜事，还能相互分享建议。洗衣服虽然单调乏味，但和村里其他妇女的社交活动却是一天中精彩的时刻。衣服洗好后拿回家，在太阳底下晾晒。

穆坦维亚回到家里，会教孩子们抓起一小把饲料。虽然实际用量远比一小把要多，但这是很好的训练，等他们长大一点，这项任务就可以完全交给他们了。穆坦维亚清扫着屋内地板上各处的残渣，给房屋周围的鸭子撒些碎谷子。等衣服干了，有几件需要修补，穆坦维亚会盘腿坐在门边的垫子上穿针走线。

在埃及艺术中，男性通常表现为略带红色的皮肤，女性的皮肤则偏黄。一般人的解释是这代表了古代的劳动分工，在这种分工下，男性主要在户外工作，女性主要在室内工作。不过可以肯定的是，女性有大量的家务活动是在户外完成的，她们也会沐浴在阳光之下。

下午的餐食比较清淡，包括面包、啤酒、水果和蔬菜。如果能有一片甜瓜或一颗生洋葱就更好了，足以让人撑到傍

晚。今晚也许会做炖鱼和烤鱼，这是一家人的最爱。不过在此之前，穆坦维亚需要去河边用面包换取尼罗河出产的鲈鱼。荷努天黑前会回家，毫无疑问，他肯定会说自己一天的工作有多辛苦，但他总是忽略妻子一天也没有任何空闲的时间，大部分家务都很恼人，而且往往相当繁重。不过，荷努总会带着木柴或其他可燃废料回来，把它们扔到谷仓附近的柴堆里，穆坦维亚觉得，这也算是帮了些忙。

遗憾的是，她怀疑瑟尼也会来吃晚饭，而且可能再次大醉，毕竟荷努今天一直和他在一起干活。他肯定会喝很多啤酒，滔滔不绝地谈论一些没意思的话题，无意间说出一些对穆坦维亚、卡塔贝特和孩子们不礼貌的话。他还特别能吃。尽管如此，荷努似乎总在有意忽视这一切。隔不了多久，瑟尼就会跌跌撞撞地到屋外解手，直到最后不再回来。只有这时，穆坦维亚才能把桌子收拾干净。

生活有时会费力不讨好，但这就是埃及家庭主妇的命运。

白天的第二个小时

（07：00—08：00）

监工前往采石场

她将它们视为父亲的纪念碑，阿蒙神，底比斯的领主，黑土地的主人，用南方最坚硬的花岗岩，为他建造两座宏伟的方尖碑，琥珀金包裹的塔尖世间最美，河两岸皆可看到。当太阳从两碑间升起之时，它们的光芒照耀着两片土地，宛若天堂地平线上的黎明。

女性统治者哈特谢普苏特在方尖碑底部的刻字，卡纳克神庙

去采石场的路上很热，热得连皮埃（Piay）这样严肃的监工都开始同情工人了，但这样的情绪一闪即逝。即便距离还远，也能清楚地听到石头撞击的声音，组成和谐或随意的声调。很明显，这里有多个项目在同时进行。采石场位于埃

及南部边境的苏努城（Sunu，阿斯旺）外，是全埃及最好的花岗岩开采地，离得很远就能看到淡红色的石头，对这种石材的青睐在尼罗河沿岸的纪念碑上均有体现，时间可追溯到几个世纪之前。

采石场上没有轻松的工作，即便不耗费体力，也有很大的精神负担，有时甚至很可怕。任何时候，只要牵扯到挪动大石头，就有可能受伤，近来这类事已经出现了多次。前几天有两个人因为大石块的松动而意外丧生，还有人在用板子向采石场外拖石头的时候碾碎了一只脚。有些人在高温中昏倒，或是单纯因为过度劳累而死亡。皮埃对此的看法是，这里多数人都是外国俘虏或本国罪犯，他们这样劳作是罪有应得，后者的罪过是得罪神明，前者的罪过是非我族类。这里有很多努比亚人，阿斯旺离他们的国境不远。

到达采石场后，皮埃看到几十个全身近乎赤裸的人正在干活，他们把石块加工成适当的大小，用以制作王室雕塑。处理好后，几十个人会用绳子拉着木头板子把石块运到河边。抵达河岸后，再把石块小心地挪上大驳船，运往下游的底比斯。那里的雕刻家会用石材雕出伟大的作品。皮埃看到过很多这样的例子，虽然从采石场开掘花岗岩很困难，但他对在坚硬的石头上雕刻出精致的面部特征和象形文字艺术印象更深刻。

今天的任务是检查统治者下令建造的两座方尖碑的施工进度。这些锥体的顶端是微型金字塔，不仅代表着太阳神拉的光芒，也代表太阳神本人，正如创世之初他所展现的神力一般。皮埃上次来还是两个月之前，这里只是他负责的众多项目之一。这个采石场至少靠近水边，离沙漠不远。东部沙漠的采石场需要大量的陆路运输，由车队为劳作的工人提供补给。一旦石材切割完成，他们就要拖着木板走很多天，直到走到河岸和最终的目的地。

采石场出产的红色花岗岩十分珍贵，但难于加工。开采方法一般是用比花岗岩更坚硬的粗玄岩制成球，在石材背后

无论制作方尖碑还是巨型雕像，埃及人都是伟大的石匠和雕刻大师

敲凿出沟壑。每凿一下都有石头碎屑掉落，根据石材大小不同，可能需要几十个人持续不断敲打。一旦石材两侧从母岩上脱开，就可以切断石材底部，将它彻底切割下来。场景相当惊险，随着施工的进行，下方会放置支撑物，以防止工人被压扁。绳索拉动或撬动最终会使石材松动。

花岗岩很难处理，相比较而言，砂岩和石灰岩更容易切割和塑形。切割时可以使用金属锯，耗费几个小时的时间，但开采花岗岩通常需要几天。石灰岩随处可见，但质量参差不齐。许多上流人士的坟墓都是直接在底比斯西部山区厚厚的沉积岩上开凿出来的，其中包括统治者的秘密墓穴，当然也没有那么保密。

就建造成就而言，统治者阿赫普鲁拉·阿蒙霍特普远没有他的前任那么雄心勃勃。阿蒙霍特普的继祖母热心于建造，她下令在卡纳克神庙修建了两对高耸的花岗岩方尖碑，金字塔顶端包裹着耀眼的琥珀金。虽然如今已少有人提及，但她还在底比斯西部的悬崖边为自己建造了一座雄伟的纪念神庙，自豪地展示着浮雕工艺和巨石切割运输的手法。阿蒙霍特普的父亲曼赫珀拉·图特摩斯委托建造了三对方尖碑，矗立在底比斯的阿蒙神庙前。

哈特谢普苏特和图特摩斯时代的作品数量众多，这一点显而易见，但阿蒙霍特普似乎更喜欢修缮或建造规模适中的神庙，包括那些建在努比亚地区、用于强化埃及震慑力的神庙。卡纳克神庙的墙壁上刻着一些引人注目的铭文，各处都可以找到一些石碑，统治者以此来鼓吹自己的成就，但到目前为止，并没有特别雄伟的建筑，包括正在建造的两座方尖碑。图特摩斯时代的一座方尖碑高达205肘尺[1]，而阿蒙霍特普的新碑只有5肘尺——两相比较之下，几乎微不足道！这对新碑没有供奉在伟大的卡纳克神庙里，而是安置在河对岸的岛上。它们是为了供奉当地著名的的羊头创世神克奴姆（Khnum）的神庙修建的。

现存最大的完整埃及方尖碑在罗马一座教堂附近的广场上。如今它被称作“拉特兰方尖碑”，是由法老图特摩斯三世委托建造的，他的孙子图特摩斯四世将其放置在底比斯的卡纳克神庙里。公元4世纪，罗马人将它移到了意大利，矗立在大竞技场上。方尖碑高32.18米（70肘尺），重约455吨。还有一座方尖碑可能原本会更为庞大，至今仍保存在阿斯旺的采石场里。它外形粗糙，几乎已经从周围岩体上脱落下来，碑体上的巨大裂缝似乎昭示了这是个注定被放弃的项目。

皮埃把底比斯当作自己的家，他还记得自己小时候图特

1 1肘尺约折合0.46米。——译者注

摩斯的方尖碑抵达这里时的场景。时值洪水季，巨大的尖顶石碑乘着巨大的驳船抵达，引起了轰动。那时水位已经升到很高的位置，使碑更接近卡纳克神庙。这艘大驳船是专门为了这项艰巨的任务建造的，在装载、卸载和运输过程中都没有发生倾斜和下沉事故。皮埃没有看到实际的安装过程，但他知道需要很多人，以及很多绳子。凭借着人的智慧与力量，方尖碑逐个被拖运到指定位置，从水平状态拉起，垂直而立。

1818年，备受瞩目的意大利探险家乔凡尼·贝尔佐尼（Giovanni Belzoni，1778—1823年）接受委托，在阿斯旺南部的菲莱岛寻找一座方尖碑。他希望能顺着尼罗河把碑运到英国，但在装船的过程中，不慎将碑跌入了尼罗河。贝尔佐尼精通工程技术，碑体得以被打捞起来，如今它矗立在英格兰金斯顿莱西庄园的土地上。这座方尖碑的铭文在破译古埃及象形文字的过程中发挥了重要作用。

可惜啊，皮埃心想，这样宏大的项目，一旦成功将会获得巨大的赞誉，而他自己只能做梦想一想。底比斯所有宏伟的方尖碑都出自这个采石场。但目前这两座碑体量实在太

小，每座只有 350 千克。他当然不敢大声说出自己的想法。皮埃知道，等到完工之时，自己只要踮起脚尖、高举手臂，就能摸到它们的顶端。尽管如此，他还是会做好自己的工作，保证委托任务顺利完成，并向维西尔进行汇报。

放在他面前的石材，三面已经磨光磨细，顶端已经几乎变成一个尖。远处还有一块一模一样的石材正在打磨，传来阵阵噪音。忽略掉这些干扰，皮埃要开始自己负责的工作了，其中包括为雕刻师提供文字，他将负责为小小的碑体完成最终美化工作。然而，在这一步之前，需要在方尖碑上完成初稿，指引后续的工作。皮埃招来助手，一位名叫拉莫斯（Ramose）的工匠，他手里拿着一卷莎草纸卷轴，上面有精心措辞的文字。研究了一会儿，拉莫斯跨坐在方尖碑上，手持笔墨，用一条直尺在石头表面粗略画出网格线。用这些线条框定文字大小，并保持对称。

从碑体顶部开始，拉莫斯先画了一个跪在地上的阿蒙霍特普，端着两个小罐子向创世神克奴姆献祭。接下来是象形文字。拉莫斯把卷轴展开到指定位置，开始在网格线之间抄写文字。内容并不是特别复杂，只有简短的铭文：荷鲁斯，强大的公牛，磅礴之力，上下埃及的王，阿赫普鲁拉；太阳神拉之子，阿蒙霍特普，底比斯神圣的统治者。为了纪念父亲克奴姆－拉，为祭坛献上两座方尖碑。愿他永享生命礼赞。考虑到石碑规模并不大，拉莫斯的工作不会耗费很多时间。

接下来需要专业石匠仔细雕琢图像和文字，完成这幅美丽的作品，这一步将在现场完成——毕竟方尖碑很小，拖运距离也不远。皮埃和拉莫斯几天后会前去检查进度，还有机会进行完善修正。完成后，这一对方尖碑会有相同的铭文，皮埃沮丧的是，指令要求碑体只在一面刻字。“真是让人失望。”皮埃以别人听不清的轻声咕哝着。没有高耸的纪念碑，没有巨型驳船，也不会在宏伟的神庙中有戏剧性的安装仪式。很可能连金银饰品也没有，毕竟这么小的尺寸，镶嵌贵金属还得留心免遭盗窃。也许这只是为未来更大的项目试水，他不禁这样幻想；但从迄今为止阿蒙霍特普的建设成果来看，他也不抱什么希望。

如今埃及仅存八座王室方尖碑。另外二十二座均在其他国家，其中包括法国、土耳其和英国。光在罗马就有八座。19世纪，图特摩斯三世下令建造的两座方尖碑被取名为“克利奥帕特拉之针”，存放于纽约中央公园和伦敦泰晤士河畔。克利奥帕特拉生活的年代远在方尖碑建成的1000多年之后，埃及的异国情调和这片土地上的希腊裔女法老无疑为这座伟大的建筑增添了浪漫色彩。

白天的第三个小时

（08：00—09：00）

渔夫造小船

……尼罗河里有各种各样的鱼，数量之多令人难以置信；尼罗河不仅为当地人提供了丰富的生活物资，比如从河水中捕获的鱼，更为盐腌源源不断地提供了原料。

狄奥多罗斯·西库鲁斯《历史丛书》I：36

马努缓缓地朝河边走去，眼睛迷蒙，这一晚他多次被刚出生的婴儿吵醒。孩子出生是值得庆祝的事，但工作还要继续，也就是为人们提供鱼。幸运的是，尼罗河很少让人失望，鲇鱼、鲈鱼、罗非鱼和其他受欢迎的鱼类数量丰富。虽然人们可以从岸边抛出鱼线和鱼钩，但最有效率的办法还是进入水中和河岸的湿地，这就需要船只的帮助。人们最喜欢用纸莎草茎做成小船。马努的小船即将散架。昨天，船上的几根绳子终于磨断了，一大块船板漂到下游。只能换一艘船了，好在尼罗河沿岸有源源不断的原材料。

站在岸边等候的是马努的朋友伊普奇（Ipuki）和他的小儿子胡依（Huy）。他们三人经常一起工作，乘着小小的渔船撒网，分享收获。今天，他们要造一艘新船。首先，需要涉水采集新鲜的纸莎草茎放到河岸上。伊普奇主动表示愿意割草，马努则把草茎抱到岸上。

尼罗河并不是古埃及人的叫法，这个词源于希腊语 neilos，意为河谷。埃及人称其为 itroo，意思是河，或称为 itroo-aa，即大河。埃及人认为河水来源于平坦大地之下的水域。现代地理学家提出了尼罗河的两个来源：一是埃塞俄比亚高原融化的积雪，即“青尼罗河”；另一个是中非的湖泊，即“白尼罗河”。两股水源在如今苏丹共和国的喀土穆一带交汇。流经埃及的尼罗河一度支撑着古文明的发展，如今由于南部修建了巨大的水坝，一切都已不复存在。今天的埃及人享受电力带来的便利，洪水得到控制，可以多季节种植作物，但他们也需要人工施肥了。此外，许多考古遗迹为大坝形成的湖泊所威胁，神庙只能整体迁移到更

高的地方，才能保存下来。

与此同时，胡依还待在河岸上，没有涉水，马努很高兴有这个孩子帮忙观察周围的环境。与其他职业相比，虽然渔业看起来宛如田园诗一般美好，但它同样存在危险，令人不得不警惕。在尼罗河的水域和湿地中，任何人都有可能死于非命。最常见的是掉进水里，被湍急的水流冲走，也有可能落水后被水草缠住。然而，最让人忧虑的是埃及这片土地上两种最可怕的动物：河马和鳄鱼。

河马出了名的暴躁，它们庞大的身躯和巨大的獠牙会对生命财产造成相当大的损害。每个渔夫都有自己的故事，这些巨大的猪一样的水生生物可以一口咬穿小船，以及船上的人。这些年来，马努的几个朋友就直接或间接死于河马之口，它们会在水下待一阵，然后突然出现在船只下方，猛烈向上撞击，这似乎是一种有意的恶意行为。河马的身体在水中摇摆，可以肆意妄为。它们对吃人没有特别的兴趣，但仍会造成严重的破坏性损伤，这样做只能说是出于恶劣的习性。

马努认为，河马在陆地上也是令人生厌的动物。到了晚上，它们会浮出水面继续觅食，即便腿又短又粗，也能快速奔跑，踩踏和撕咬任何挡住去路的人。对农夫来说，它们非常麻烦。时常就会有庄稼被饥饿的野兽踩坏。人们偶尔会组织捕猎活动来清除某片区域内恼人的河马，但这是一项非常危险的活动。一如往常，统治者阿蒙霍特普以其卓越的捕猎能力闻名于世，据说他有时拿着鱼叉就能在水中成功捕获河马。马努也不知道要不要相信王的英雄事迹。哪有运动或危险是阿蒙霍特普无法处理，或处理不好的呢？无论如何，对这种耳朵抽动、鼻孔巨大的大头生物保持警惕都是必要的。

另一种令人生畏的动物是鳄鱼，同样经常让人担忧。它们杀了很多人，是致命的食肉动物，也是很会投机的捕猎者。任何进入它们捕猎范围的动物都不能幸免，其中包括鱼、鸟，以及在水边漫步，或是靠岸的粗心大意的陆地生物。在接近猎物的时候，鳄鱼很少发出声响，听说它会猎杀河边玩耍的小孩。它们通常会用强壮的下颚咬住猎物，拖进水里，直到猎物溺死。马努希望胡依能和河马一样，观察到那双泄密的眼睛悄悄滑动的方向。有趣的是，河马和鳄鱼偶尔也会打架。一边有强劲的下颚，另一边嘴里有天生的武器，战斗的胜败完全取决于双方的体型、速度和凶猛程度。

一份残存的莎草纸文件中记录了一个古老的埃及传说。祭司怀疑自己的妻子与一个年轻人有染，于是用蜡做了一只具有魔力的鳄鱼。鳄鱼活了过来，捉住了年轻的求爱者，把他困在水下七天，之后他被带上来，

作为二人幽会的证据。祭司的妻子和求爱者被处死，鳄鱼又恢复了蜡身。

不过，这里也没有那么恐怖。河岸和湿地是各种鸟类的家园，它们既可以作为食物，也能当作消遣。猎鸟是流行于上流阶层的娱乐活动，他们时而会乘着漂亮的小木船出游，在船上站起身来，手里拿着棍子或长矛准备打鸟。这是风和日丽时才会进行的娱乐活动，华丽的小船在芦苇丛中飞驰，船上坐着的仆人或猎人的家庭成员抓住猎人的腿，帮他稳住身体，也防止恼人的落水。

河马在现代埃及已经灭绝了，而鳄鱼只能在遥远南部的阿斯旺地区，在修建大坝形成的湖泊中才能见到。尽管如此，它们骇人的名声仍广为流传，在非洲地区，每年被河马杀死的人数比其他任何动物都多，鳄鱼每年也会杀死数百人。

现在，马努已经在河岸上铺好了一打纸莎草。第一步是做绳子。两个渔夫拿起几根较长的纸莎草，用木槌把它们捶扁，木槌是渔船上用来敲打不听话的大鱼的。伊普奇是这方

渔夫用纸莎草茎制作小船

面的专家，多年的锤炼让经由他手敲打出来的草茎格外结实。胡依负责从压碎的茎中取出纤维，再放到父亲手掌之间缠绕。埃及有很多植物可以用来做绳子，但纸莎草茎最适合做小船。这种绳子很容易制作，而且又是用水生植物制成，似乎最适合放在河水中使用。

缠绕出足够的绳子后，工作就可以正式开始了，起码要忙一个上午才能完成。首先，把两大捆纸莎草的茎码放在一起，两头各自拴住，每捆都用刚刚做好的绳子紧紧缠绕，打结固定，然后把它们压在一起，做成一个可以自然漂浮的平面，大小要能够承载几名渔夫、渔具，以及用来盛放收获的鱼篓。最后一步，拉起两端，用绳子固定在甲板上。向上弯转的船头和船尾使小船靠杆子或桨就能在水面上平稳地航行。

1969 年，挪威考古学家兼探险家托尔·海尔达尔（Thor Heyerdahl）用纸莎草造了一艘大船，船头和船尾向上翘起。它载着七名来自不同国家的船员驶入大西洋，样式与古代相仿。这艘名为“太阳神号”的船随着海水漂流了数周，但由于设计缺陷，还没航行到

美洲就解体了。第二年，重新改装过的“太阳神二号”在另一次试验中获得了成功，这艘船比之前的更大，在海面上足足漂浮了五个月，从而证明了在几千年前这样的船有可能用于交往和贸易。

马努时不时就会看到比自己的船更大的船，它们几乎都是用来捕鱼的，尼罗河上常年行驶着大大小小的木船，底比斯港口的数量尤其多。货物的多样性同样令人瞠目，既有满载本地和国外货物的船只，也有船装着远处开采的大块石头。船只扬起船帆，迎着北风逆流而上，需要几十个人同时划桨；也有相对轻松的航行，顺着水流向南驶去。说来奇怪，很多木船也有向上弯转的船头和船尾，很像纸莎草船，也许是从远古时代流传下来的模样吧，马努猜测。

造船的时候，三人注意到几艘巨船在庆典般的欢呼和喧闹声中抵达东岸。这些是军用船，可能刚从南部远征归来，也许是去了努比亚。他们偶尔还能看到统治者乘坐的巨大船只，船首雕着猎鹰头，桅杆上绑着彩色的飘带。这艘名为“阿赫普鲁拉即两片土地的缔造者”的船，像是一座漂浮的宫殿，甲板上设有豪华的木质舱室，陈列着人们能够想象的所有奢侈品。整齐划一的船桨为两地之主宏伟壮观的排场奋力划行，动作与普通埃及人敬畏地沿着河划船别无二致。

再有几个小时，这艘结实又实用的小船就可以完工了。

最后一项工作是用纸莎草做一对救生圈。他们把一束束茎紧紧绑在一起，首尾相连，做成一个椭圆形的环，万一不小心落水，可以套在手臂和肩膀上。救生圈安放在小小的甲板上，多年来救了许多人的性命。几个月前，一头河马在伊普奇的船边冒出头来，掀起的水波让伊普奇跌入了水里，当时他正在专心打结，完全没有看到野兽靠近。年轻的胡依一把抓住救生圈，慌乱之中没有扔给父亲，而是扔向了河马。伊普奇迅速爬回船上，说道："千万别告诉你母亲！"

小船完工后，还有很多事要做——有很多鱼要抓。在岸边垂钓是比较懒散的选择，只要在河岸上抛出一条带铜钩的鱼线即可，但渔船总是更高效多产。小船可以放下许多钩子，只要划几下，就有东西上钩。河里鱼很多，也很受人们欢迎，这样的商品在村里很容易就能换到生活必需品。把鱼带到岸上后，可以放在架子上烤制，或剖开风干。与牛肉不同，鱼肉价格便宜，几乎人人都能吃得起。

马努经常随身携带一只长矛，偶尔能在浅水中刺到体型较大的鱼。一旦刺中，他就把鱼拖在小船后面带回岸上，只期盼鳄鱼不会把它叼走。然而，渔网的捕鱼效率是最高的。投入水中的网通常可以在很短的时间内捞起东西来。和伊普奇合作的收成最好。两条一模一样的小船，在船间撒下一张大网，凡是路过这里的都会被一网打尽——其中大部分是鱼。渔网需要时常检查织补，但这份辛苦是值得的，他们都喜欢带着满载收获的鱼篓上岸，从中挑选出最适合自家的

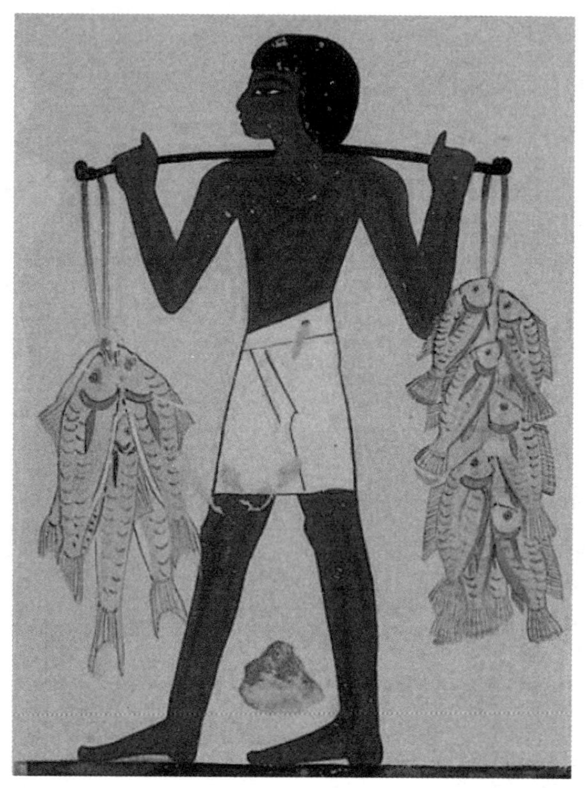

运送美味的尼罗河鱼

鱼，再把剩下的跟别人交换。

“准备好撒网了吗？”马努和朋友开起了玩笑——在船下水之前，他们还有很长一段路要走。

白天的第四个小时
（09：00—10：00）

陶工塑黏土

陶工活着的时候就浑身沾满泥土。为了烧罐子，他在地里翻滚扑腾，比猪还要脏。他的衣服因泥巴而僵直，头巾由破布制成，只能从熊熊燃烧的火炉中吸入灼热的气体。

《对各行业的讽刺》

伊图（Itu）和妻子娜妮（Nani）住在两间破旧的泥砖房子里，前门挂着一块亚麻布。虽然没有孩子，但伊图认为两人感情不错，他们都对自己的工作比较淡漠。二人都讨厌自己的职业，但这就是生活。伊图终日待在陶器作坊里，浑身泥浆，鼻腔里满是炙热呛人的烟雾，娜妮则以制作亚麻缠腰布为生。两个人常常争论谁的命更苦。不幸的是，对伊图来说，陶工被人视作社会底层人士，大概类似于制砖工，可能地位比制砖工略高一些。正是工作的污秽给它带来了如此糟糕的名声。“但我是靠做兜裆布过活的啊！”娜妮反驳，“而且是日复一日地做。”他们认为，自己获得的报酬远远配不上付出的努力和产品的重要程度。

伊图的父亲就是陶工。很久很久以前，家族里多数男性成员就开始从事制陶工作。像底比斯这样规模的城市，拥有众多工人、神庙和陵寝，总要用到数十种不同功能的陶器。一般来说，埃及人需要用器具储存食物和水，需要用来喝水的杯子和盛饭菜的盘子。上流阶层需要酒壶，神庙需要储存贡品和礼器。死者需要陶器陪伴他们进入死后的世界，或是在坟墓中盛放供品。此外，人们还需要用啤酒壶盛放啤酒作为报酬。另一个事实是，即便陶器制作得再精良，也终究可能会破碎。因此，这里有大量的陶器作坊。

工作是从回收处理河岸上的黏土开始的。人们把小石头和其他没用的碎屑挑出来，把沙子或谷壳作为添加物混进来调和，使黏土成型。塑形工作一般是在轮盘上完成的，用手拨动旋转，保证器具形状匀称。湿陶制作完成后开始变干，趁着表面还有延展性的时候打磨抛光，或是添加其他特征，如绘制图案或上色。

完整的陶罐和破碎的陶罐都是考古学的重要研究资

料。像汽车和流行服饰一样，陶罐的风格随时间变化，陶器专家可以准确判断出它们制作的时间。陶罐的碎片往往保存得比较完整，毕竟陶罐随处可见，又很容易打碎换新。如果遗址中缺少鉴定年代的铭文，对陶器进行研究就很有必要了。比如在研究埃及的时候，如果遇到没有装饰的坟墓，陶器对确定年代就会大有帮助。如果在其他地区发现埃及的陶器，可以为研究贸易或交流提供线索，就像在埃及发掘的进口陶器一样，它们有时会作为盛装国外昂贵货物的容器。

等到陶器完全干燥后，就可以拿去烤了。伊图所在的作坊有个砖砌的大陶窑，可以同时烧制几十个陶器。陶窑里有专供平放或堆放陶器的平台。一切准备就绪后，用稻草、干燥的动物粪便或其他易燃材料在陶窑下面的小膛里生火。

这就是为什么制陶作坊和窑厂都离村子很远。窑炉会产生刺激性的烟雾和难闻的气味，大家都不喜欢。但伊图在这样的环境下度过大半生，已经察觉不到这些了。工作有时很危险，尤其是在高温窑炉周围工作的时候，一不小心就会严重烧伤。即便如此，他也很少参与生火和捡柴火的工作。最初他还是小伙子的时候，干的是取黏土，或是加水搅拌用脚踩压缸中黏土的工作，如今他常待在轮盘旁边，虽然工作不被世人认可，但他仍是能干的人。和其他陶工一样，他的薪酬很低，完全比不上时不时出现在远处，一看就很富有，衣服一尘不染的作坊老板。

时间到了白天的第四个小时，伊图忙了很久，做出了几十个浅盘。监工如期而至，要求伊图做出百十个大型储藏罐，这要花费他和工友们很多天的时间。它不像简单的盘子、杯子和小容器，不一会儿就能做出一个，想要用黏土做出像样的大型容器，制作和塑形都要花费更多的时间。

古代有些水罐是有气孔的。罐子表层蒸发的水分能够使罐内的液体保持凉爽的温度。人们通常称这样的容器为“zirs”，至今仍为中东地区所沿用。

经年累月的劳作使制陶变成了下意识行为，伊图常常会做白日梦，回神时发现，在泥泞的双手间，陶罐已经做好了。白日梦的主题往往是相同的：幻想自己干着别的工作。捕鱼看起来就很有趣，在某种程度上，每天捕鱼的收获都是不可预测的。不过，当他做起新陶罐的时候，偶尔也会想到自己生活中的事，想到妻子苦闷的生活。

娜妮是过过好日子的人，那时她和疼爱自己的父母住在一起，但当她爱上伊图后，好日子就到头了。她搬去和伊图同住的时候，父母十分震惊。等她结婚组建新家庭之后，父

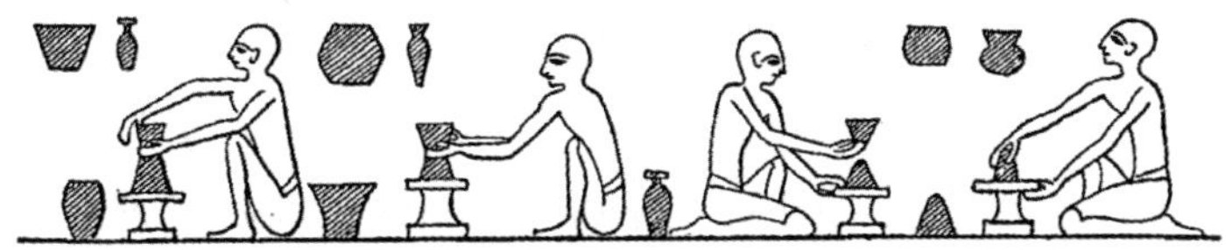

陶工正在工作

母基本与她断绝了关系。伊图的父母完全赞同这门亲事，在他们看来，儿子就此攀上了高枝，但事实并非如此。

娜妮的工作同样是重复性的。制作缠腰布是日复一日的工作。就在此刻，伊图知道她一定在剪裁亚麻布，裁成三角形，然后用针线把边缘包起来。布料的三个角绑在一起，这种最简易的服装是多数工人的主要衣着。

他知道娜妮也常常羡慕别人的工作，甚至在自己的作坊里也是一样。那些在织布机上工作的人看起来似乎更忙碌、更快乐，她说这让她想起了自己的母亲，母亲在家里有一台小型织布机。和作坊里的大型立式织布机不同，家用织布机水平放在地上。她回忆母亲会把亚麻纤维纺成线，在织布机上穿梭，最终织成亚麻布。她的父亲是修建陵墓的监工，每天都围着一条自家编织的褶裙，其实就是一块布料在腰上缠绕几圈，再塞住或系好，下面的缠腰布时挂时不挂。有时他会穿长袍，这种宽松的带袖长服会一直垂到膝盖以下，从镶边的领口露出头和脖子。衣服虽然简单，但比普通工人的衣着精致得多——当然，伊图没有这样的衣服。

他知道，在爱上自己之前，娜妮的生活相当优越，父母曾经给予的那些美丽服饰如今已经不复存在。不过，她的工作偶尔能补贴些家用。一整天的剪裁和包边能换得几壶啤酒和一些面包，她还时不时能拿回些破洞的粗布，好在家里缝些衣服，或是挂张床单权当屋门。

亚麻布是由亚麻植物制成的，这种植物遍布于埃及广阔的土地上。根据原材料收获时间的不同，产出的布料质量也会有所不同。绿色亚麻织成的布料纤细柔软，黄色成熟的茎秆则更加粗硬。纤维抽出后，需要经过一个繁琐的梳理、浸泡过程，使纤维充分软化，再揉搓成线，并最终制成不同品质的布料。最精致、柔软、昂贵的布料像薄纱一样，适合上流阶层穿着；剩下的布料有的比较柔软，有的比较粗糙，粗糙的价格最为实惠。

轮盘上的黏稠泥浆飞溅到伊图的脸上，打破了他的白日梦。湿手上沾满了黏土，工作现场总是一团糟。从头到脚不可避免地满是污泥，正面各处无一幸免。在埃及的烈日下，皮肤和衣服上的污泥迅速干燥，变成一层硬壳，需要费不少力气才能洗掉。有时，伊图回家时像是棕色的陶人，有时候浑身赤裸，但他太累或太懒，不愿去河里清洗干净。这么早

就昏昏欲睡，今晚大概要故技重施，而且像往常一样，他会承诺明天一定洗澡。伊图希望娜妮给自己准备好了吃的，这样他就可以疲惫地沉入梦境了。毫无疑问，他一定不切实际地梦想着自己能去做另一份工作——哪怕是做缠腰布也可以。

白天的第五个小时

（10：00—11：00）

书吏学校的学生等着挨打

我会让你爱书籍胜过爱你的母亲……书吏比其他任何职业都要伟大。世上没有任何事比得上它。

《对各行业的讽刺》

纳赫特（Nakht）紧蹙着眉头。特定单词里的一个符号，他想不起来了。三个符号都代表鸟类，但每个符号的读法大不相同。过不了多久，他的后背就会挨上一记猛抽，暴露错误只是时间的问题。“教学之家”四周围墙，露天敞篷，纳赫特坐在地上绞尽脑汁，希望能回忆起此时此刻本应该记得的单词。书吏学校并不好读，它要求学生能精准地画出数以百计的符号，不允许有任何错误。书吏的责任重大，埃及拥有读写能力的人很少，这是一份权力和责任并重的职业，不识字的人完全仰赖书吏来准确真实地读写文件。

我们很难算出古埃及的识字率。根据估算数字，这一比例仅为 3%。对普通埃及人来说，即便不知道如何读写也能正常生活，但新王国时期设有复杂的民事和宗教管理机构，读写能力对其中大量的官僚和神职人员来说是基本技能。虽然书吏学校里到处都是男孩，但有证据表明，一些女性也受过教育，她们很有可能来自社会上层家庭。

纳赫特环视着自己的同学。他们都是男孩，大多数是社会上层人士的儿子，其中有不少监工和会计的孩子，这些人都在为继承父亲的阶层地位而努力。纳赫特的父亲是一位杰出的医生，为了查阅医学文献，阅读能力必不可少。其他人则有望成为陵墓工匠和雕刻监工，他们将把这些粗线条的象形文字永久地雕刻在巨大的石碑之上。

数量繁多的象形文字令人生畏。他们正在学习的这些文字可以从左到右写，从右到左写，甚至从上到下写，与那些刻在王室或宗教纪念碑和器物上的文字相比，这些文字并不那么正式，有点像缩写体。

埃及草书手稿

“为什么要认这么多字？”纳赫特向老师内巴蒙（Nebamun）提出了一个愚蠢的问题。“因为有用。”他严厉地回答，“不然你怎么认得这些字？难道你不喜欢学习吗？我看应该让你去抓鱼或做砖头！”纳赫特立刻挨了内巴蒙的一记抽打，同时在脑子里记下了，可以提问，但别有好奇心。作为惩戒，内巴蒙宣布，因为纳赫特提出的这个莽撞的问题，所有人有必要再复习一次，能接受书吏教育是一件多么有荣光的事。学生们要再一次听写关于书吏这份职业的种种优点。内巴蒙背诵，大家把听到的内容完整记录下来，同时用有节奏的、单调的语气整齐地重复一遍。

“把这段话写下来。”内巴蒙命令道，“我见过铜匠在火炉口前工作的样子。他的手指像鳄鱼的爪子，比鱼卵还臭。写下来念一遍！”

纳赫特捡起一大块罐子的碎片，把笔头浸在小水壶里，然后在调色板上蘸墨水。调色板是一块窄窄的木板，表面有几处凹陷，这是父亲送给他的礼物，既可以蘸红墨水，也可以蘸黑墨水。内巴蒙基本不让新生在纸上写字。纸比罐子碎片要昂贵得多，而且这样的碎片在村庄里随处可见，此外，表面呈白色的石灰石碎片也很容易获取。两种材料全部堆在院子的角落里。有时候，他会让学生们使用木制书写板，这样的练习对他们真正成为书吏是很有用处的。这些木板表面覆盖着一层水洗灰泥，以便用水把字迹擦去，或是用另一层灰泥覆盖。

透特（Thoth）是埃及掌管文字、智慧和知识的神灵。他有着狒狒的外形，但更常见的容貌是一个长着朱鹭头的人。他经常是一副手持调色板和笔的模样，有时也出现在《亡灵书》中审判死者的场景里。女神塞莎特（Seshat）也执掌书写，与此同时她还是记账和数学的守护神。

粗钝的笔尖在陶片表面画出难看的斑点，纳赫特迅速从耳朵后面摸到一只不那么钝的笔。从原料来看，这种笔是用小片芦苇制成的，制作虽然简单，使用却需要技巧。他聚精会神地垂下眼，开始书写流线型的字符。写的内容大部分都很熟悉，这样的听写已经练过好几次，字符也比较熟悉了。

“木匠比多数人的工作都要辛苦。剃头匠终日辛劳直到深夜。他们走街串巷，只为找到更多客人。为了填饱肚子，他们只能奋力舞动手臂。”

学生们尽可能优雅而迅速地书写，同时齐声重复，没有人落后，也没有人相互抄袭——至少没让人看见。纳赫特知道下面的内容是什么：一定是对制箭匠、陶工和制砖工卑鄙势利的评价。

“制箭匠要一直向北走，走到遥远的三角洲辛劳工作。每当蚊蚋叮他、沙蚤咬他的时候，他都会痛恨自己的生活。陶工浑身沾满泥土，活像是死人。他深深扎根在土里，比猪和土地都要亲密。他的衣服因沾满泥浆而僵硬，鼻子被火炉的灼热烧焦。制砖工……肾脏受了伤。无论外面是冷还是起了风，他们大多赤身裸体在户外工作。疲劳和僵硬使他们的力气消散了。他徒手抓面包吃，虽然那手一天只洗一次。”

名单还在不断延伸，里面还会讲到许多常见的职业，包括织布工、农民和渔夫。根据内巴蒙的说法，这些人的生活都非常悲惨。“现在跟我念，然后写下来：如果你会写字，那么你的工作会比其他任何工作都要好。在学校的每一天都不会虚度。”

纳赫特把罐子碎片翻过来，在背面继续练习，内巴蒙在周围走来走去，越过这些紧张而认真的肩膀看他们写的字。偶尔响起的鞭子声意味着又有人写错字了。内巴蒙一周大约会抽三次鞭子。鞭子抽人确实很疼，同时也能刺激学生集中注意力，认真对待这件事。学生们偶尔会讨论哪种鞭子抽人更疼：是椰枣细枝做成的鞭子还是内巴蒙的木棍。如果哭出来，还会额外多挨几下抽打，学生们的母亲可能会心疼，但父亲不会：他们也是这样长大的。纳赫特的父亲奈夫霍特普（Neferhotep）三十年前也是内巴蒙的学生。

内巴蒙是位严厉的师傅，但他在底比斯非常受人尊敬。不教书的时候，人们常看到他坐在阴凉处忙着工作。双腿交叉，拉紧亚麻裙，这样就有了一个平整紧绷的书写台面。这些年来，他担任过各种各样重要的职位，甚至还在阿蒙尼姆派特小时候教他写过字，曾经的孩童如今已经成为维西尔了。内巴蒙知识渊博，除了教人写字之外，他还常被委托撰写《亡灵书》副本，这是一卷莎草纸卷轴，上面描绘了死者进入阴间世界的旅程，以及如何在众神面前顺利接受审判。卷轴十分昂贵，却很受富有的上流阶层追捧。内巴蒙因其为人正直而备受信任。一些书吏很清楚这些卷轴最终会卷起来放进罐子里，密封进坟墓，永不见天日，因此他们写得十分潦草，但内巴蒙写得非常认真。

内巴蒙只用最好的材料来书写，其中包括高质量的莎草纸。用于造纸的植物需要从根部切断茎秆，再去掉顶部，绑成捆背走。在作坊里，工人会去掉植物绿色的外皮，把纤维状的内髓切成细条。将一组细条平铺，边缘重叠压住，再将另一组细条以同样的方式铺在第一组上面。铺好的细条用木板压住，上面再压上厚重的岩石或砖块，植物原料中天然的黏合剂把纤维粘成一张结实的纸。一张纸还可以粘在另一张纸的边上，这样卷轴需要多长就可以做多长。

罗马博物学家老普林尼（Pliny the Elder，公元23—79年）曾这样描述埃及："我们必须承认莎草纸的伟大，一切文明演化都取决于对历史记录的详实程度，而这一点要倚仗于纸张的使用。"（《博物志》第三卷21章）事实上，在希腊和罗马帝国征服埃及期间，埃及成为古代文明世界主要的纸张出口国。在几个世纪的时间里，随着气候的变化，纸莎草基本在埃及这片令它扬名的土地上灭绝了，直至现代才随着一些商业种植园的建立得到恢复——这种新奇的纸张成了旅游纪念品。

纳赫特八岁开始上学，现在已经十岁了，他觉得自己学得越来越好。再过两年，基础课程就要学完了。前几天他学会了按类别书写字符——地点、人物、植物等，之后大家又学了算术。这是他最不喜欢的科目，但书吏需要记录战利品数量，管理神庙财产、供品和作物产量，甚至还要完成工程中的一些计算工作，比如运输石块、建造纪念碑等。数学是一种对维持帝国运转很实用的技能。

纳赫特依然专注地低着头，他能听到老师的脚步声在一排学生身后移动，目光正越过他们的肩膀来挑错。拖慢的脚步声在纳赫特身后停了下来。“‘鸟’写错了！”内巴蒙吼道。纳赫特知道接下来会发生什么。啪！他再也不会忘记这个单词了。

白天的第六个小时

（11：00—12：00）

哈托尔的女祭司喝醉了

（法老）也来跳舞唱歌……他举着金子制成的叉铃[1]，戴着孔雀石项链，他为音乐女神起舞。他为女神起舞，这是女神钟爱的！

哈托尔的赞美诗，丹德拉神庙（Temple of Denderah）

人们都知道，哈托尔是很复杂的女神。她常被人们描绘成一头母牛，或是角间有太阳圆盘的女人，或是长着牛耳朵的女人。她有许许多多的容貌，也有多种多样的名字。有

1 叉铃（sistrum），古埃及人祭祀用的一种乐器，常在神庙祭祀活动中摇动使用，叉铃能够发出连续而短促的声音，人们认为这样的声音能够驱赶邪灵和鬼魂。——译者注

时，她是慈爱的哺育者，以统治者母亲的形象出现，但时而又会展现出暴力的一面。有时她的名字是“金色女神”，人们会把她与丰饶、树木、沼泽联系起来，也会把她与西奈半岛青绿色的矿山，或是西方落日的死亡之地关联起来。有人说她是太阳神拉的妻子，也有人说她是拉的母亲，或是他的女儿，因此许多与拉神有关的节庆也与她有关。她是音乐女神，喜欢醉酒。是的，哈托尔在很多地方扮演着不同的角色。

在这个特别日子的白天的第六个小时，泰（Ty）已经在家里喝醉了，这让她的丈夫十分苦恼。“你为什么非要这样？”他问。这样的场景已经出现过无数次了。

“因为我是哈托尔的女祭司啊，你这个傻瓜。我这是履行职责。我正在练习！”这是她唯一能够给出的解释。

确实，作为生活在底比斯的哈托尔女祭司，泰一直忙于参加各类与女神有关的节日，接受人们的敬意。埃及每年都会举办许多激动人心的欢乐节会，人人都很期待。每座神庙都有自己祭祀神祇的仪式，但作为阿蒙拉的故乡，底比斯拥有最大最精致的祭坛。比如，这里一年一度著名的奥皮特节（Opet Festival，或称“密室节”），每到此时，阿蒙拉神实际上会离开卡纳克神庙深处隐居的密室。他的肖像会移至一艘小木船上的神龛里，由一群强壮的祭司用杆子抬着。他们一层层穿过神庙，来到阳光之下，“圣船”最终走出神庙区，外面道路两侧站满了热情的人，希望一睹神祇的风采。这是普通埃及人真正得以亲近神灵的时刻，神像大部分时间都保存在所属的神庙之中。

圣船前后是活泼的乐手和舞者，烘托庆典的气氛。鼓声与手鼓声同时响起，中间还夹杂着长笛和竖琴的声音。杂技表演者在街上转来转去，十几个女祭司一边唱歌一边拍手。泰就是其中一员，她热爱在游行队伍中的每分每秒。她手持着代表哈托尔的叉铃不断摇动，以歌舞的方式象征着女神的降临。

叉铃是一种哗啷啷作响的乐器，长柄上绑着像里尔琴一样的拨弦，圆形的金属片撞击在一起能够发出声响。有时，长柄上会雕刻象征着哈托尔的牛脸，用以强调她与音乐之间的联系。哗啷啷的演奏声与沼泽间植物摇动发出的沙沙响声类似。此外，还有一种象牙制成的响棒也相当流行，形状通常是人的手臂连同手掌的模样，敲打时会发出很大响声。

每年奥皮特节的游行队伍都走走停停，有时会去往其他神庙，有时只停下来休息。这既给人们提供了表达敬仰和感激之情的机会，也让游行队伍得以休整，随后继续前进。游行结束后，阿蒙拉的神像会被放回神庙的神龛之中，继续接

受祭司们日常的供奉，直到下一个节日来临，公众才能再次见到他。

在距离卡纳克几千米外的底比斯，未来还会建造另一座大型神庙（“卢克索神庙”）。建筑大部分是阿蒙霍特普三世时期的产物，他是阿蒙霍特普二世的孙子。在他统治的多年间，埃及积累的巨大财富以建造巨型建筑的方式展现在世人面前。新神庙落成后，一条大道将把狮身人面像和两座神庙连接起来，此后每逢奥皮特节，阿蒙拉的圣船便通过这条大道穿梭于两座神庙之间。

泰住在底比斯，她嫁给了一名为王室工作的管家。管家的影响力帮助她当选为女祭司，这个职位需要她履行职责，也为她带来了许多快乐，特别是她像哈托尔一样热爱醉酒。在某些节日中，女祭司必须是醉醺醺的，泰特别喜欢策划和亲身参与哈托尔女祭司的履职活动。有两个节日她特别喜欢：山谷节和醉酒节。

每到山谷节的时候，阿蒙拉与妻子姆特、儿子孔斯的神像会被放置在卡纳克的船上，然后渡河造访尼罗河西岸的各个纪念神庙。这些神庙属于现任法老阿蒙霍特普之前的已故统治者，其中包括为纪念他的父亲图特摩斯三世建造的。每座神庙都保留了祭司职位，即便先王已经死去，祭司仍像他们生前那样进行供奉。其中，最美丽的一座神庙紧靠着巨型悬崖的底部。但颇为尴尬的是，这座神庙属于被抹去印记的女性统治者哈特谢普苏特。神庙的墙壁上记录了她诸多的成就，但删去了她的名字，她的神像被毁，也不再享有祭司供奉。但这里仍然是值得造访的地方，泰就曾经来过许多次。神庙上有一座哈托尔的神龛，可以明显看出哈特谢普苏特利用女神与自己的象征性关联，使她非传统的统治合法化。

游行队伍肩负的神像也可以作为神谕。据记载，在阿蒙拉乘坐圣船神龛游行的过程中，观看者可以向神提出答案为是或否的问题。如果祭司肩上的圣船微微前倾，答案就是肯定的；如果后倾，答案则是否定的。那些愤世嫉俗的人认为这些都是由祭司操控的，或者不过是负重的人们调整肩上的重量而已。

泰和其他摇着叉铃的女祭司一起为节庆歌唱舞动，每到一个山谷节的停靠站，都要赞美歌颂阿蒙拉和他的家人，以及那些逝去的人们，在精神层面上，大家相互庆贺。每一站都会提供丰富的食物和酒水。泰特别喜欢神庙中的美酒，这

些是用来纪念图特摩斯一世的，总能让她喝得饱饱的。歌手和舞娘穿梭其中表演，很快歌唱的声音越来越大，而且开始含糊不清，舞步也不那么精准了。参与山谷节的不仅是祭司和随行人员。对任何埃及人来说，这都是一个祭拜已故亲人的时机。

新王国时期，虽然许多统治者都建造了纪念性神庙来歌颂自己的不朽，但留存到今天的非常少。一些神庙大量使用泥砖，不加维护便会倾塌，一些神庙的石块多年后又被拿去修建了其他工程。图特摩斯三世和阿蒙霍特普二世等新王国时期杰出人物的纪念神庙遗迹寥寥可数。阿蒙霍特普三世恢宏的纪念神庙大部分毁于地震，石块也挪作他用。两座巨大的坐像是保存下来的主要部分，直到近期的发掘，神庙更多部分才重见天日。塞提一世、拉美西斯二世和拉美西斯三世等后来统治者的神庙大部分是用石头建造的，至今仍保存完好，但讽刺的是，哈特谢普苏的神庙是新王国早期保存最完好的神庙之一，但关于她的记忆已被抹除。

抬着神龛的祭司们需要纯净和清醒，虽然有时他们也会

沉浸在美食中，但他们绝不会喝醉；三位神灵需要平稳可靠的交通方式，万万不能半路被丢弃。在多数山谷节上，泰和同行的女祭司总会因为醉得太厉害而无法继续，随同返回卡纳克的人员数量通常会明显减少。

上一次山谷节真是令人难忘，泰至今还能回忆起其中的细节，上午正是她晕晕乎乎的时候，她一遍又一遍地对丈夫念叨着自己是多么期待醉酒节的到来。丈夫看起来并不高兴。但泰的职位很重要，如今她已经三十多岁，多年来一直出色地执行着工作。醉酒节到来时，埃及举国皆醉，庆祝哈托尔的恩赐，她的丈夫也不例外。人们唱歌跳舞，喝酒是一种义务。泰认为醉酒节比山谷节更好，这个节日不需要四处旅行。在底比斯，大多数人只要走上街头就可以庆祝，如果想要进一步进入沉醉恍惚的状态，就需要前往女神姆特——阿蒙拉妻子的神庙之中。如果阿蒙拉是诸神之王，那么姆特无疑是王后。

女神哈托尔

哈托尔和姆特的联系与她强烈的保护欲及母性有关，也与她和拉的宗教关联有关。古埃及的传说记载了拉是如何对人类厌倦，并且决定动手消灭人类的故事。哈托尔是拉的女儿，怀着极大热情参与其中，她先是化为拉的复仇之眼，随后又变成凶猛的女神塞赫美特，形象是一头狂暴骇人的母狮。就这样，她投身于屠戮之中，享受着鲜血和屠杀带来的快感。很快，拉神开始后悔自己的所作所为，决定停止屠杀，他必须把哈托尔控制住。于是，他把大量啤酒染成红色倒在地上。女神口渴了，以为这是人血，吮吸起来，最后喝得酩酊大醉，昏了过去。就这样，人类因为……啤酒而幸免于难。醉酒节正是为了纪念人类获得救赎，埃及的道德观普遍倡导节制，聚会和节庆例外。这一特殊节日鼓励人们醉酒，也鼓励人们在公众场合与朋友或陌生人亲密接触，这些在日常是不被允许的。

还有一个埃及传说讲到，太阳神拉深感沮丧，无论做什么都高兴不起来。直到哈托尔出现在他面前，解开袍子，展示自己裸露的身体。拉觉得很有意思，于是不可抑制地大笑起来。至于究竟为什么这么好笑，我们只能靠猜测，但此举确实奏效了，拉从自己沮丧的情绪里走了出来。

频繁与哈托尔同乐的结果是可以预料的

每年，泰和丈夫都会前往姆特的神庙，那里预备了大量的酒水。不同于其他女祭司，泰总能在喝醉的时候调整好步伐，不至于完全失去协调能力，这要仰仗她多年的经验。她讨厌呕吐，但喜欢醉倒在神庙里。除了享受醉酒的乐趣之外，大家都希望在这神圣的空间中能够邂逅哈托尔本神——这是一种罕见的神性体验，令人欣喜若狂。泰绝不会承认自己从未有过这样的体验，也不确定朋友们分享的自身经历是不是真的。无论如何，她每年都会抱有这样的希望。

每年最糟糕的总是第二天清晨，她和其他醉倒在神庙的人在响亮的鼓声中惊醒。多数人还在宿醉之中，希望能一个人待一会儿，但节日即将结束，又要回到日常生活中去了。

泰会四下寻找丈夫，希望他不会昏倒在别的女人怀里，但这样特别的节庆总会为出格的行为提供借口。

几千年来，丹德拉神庙遗址一直是神圣的场所，其中有一处供奉着哈托尔。今天，它是古代保存最完好的神庙之一，供奉的是女性神灵。神庙的大部分是希腊人和罗马人建造的，他们把埃及神灵融入了自己的宗教当中。

这是收获季中特殊的一天，重要的饮酒节已经结束，但还有其他机会做一些出格行为。泰和丈夫是聚会上的宠儿，哈托尔，从天性上说，会很希望她的女祭司玩得开心。幸运的是，今晚在监工乌瑟哈特家中还有一场庆祝活动，如果运气好的话会有好酒，泰能够以哈托尔的名义继续醉酒。

白天的第七个小时

（12：00—13：00）

维西尔听取汇报

关于维西尔阁下在维西尔厅中听取汇报的确切流程：他要坐在靠背椅上，地面上铺着芦苇席，身上系着职责之链，背靠一张皮，脚踩一张皮，身披斗篷，旁边倚着权杖，面前陈列着四十条皮鞭，左右两边各站着上埃及十位首领，侍从在右手侧，传唤官在左手侧，书吏站在身旁。

“维西尔的职责，列赫米留墓”

阿蒙尼姆派特才在宫廷办公室工作了几个小时，但不得不面对的一连串细节和决定已经令他感到有些厌倦。作为阿蒙霍特普的维西尔，他是统治者得力的助手，责任重大，拥有极高权威。他的权力仅次于王，工作回报也相当丰厚，他可以享受无数的奢侈品，获得人人艳羡的待遇和财富，但工作也是无穷无尽的。虽然他不爱抱怨，但很久以前他就明白了，自己要比阿蒙霍特普工作更长时间，更加勤奋，而对方才是最终的决策者——毕竟，阿蒙霍特普是神圣的王，肩负着维持整个神圣世界，至少是整个埃及秩序的任务。

和统治者成为朋友是件好事，二人从小一起长大。事实上，这段关系是他被任命为维西尔的基础。前任统治者的维西尔列赫米留（Rekhmire）干得相当不错，阿蒙霍特普上任之初曾让他担任过一段时间的维西尔。但列赫米留年纪越来越大，而且似乎有将维西尔之位世袭下去，成为豪门贵族的迹象。于是，阿蒙霍特普通过任命阿蒙尼姆派特为新的维西尔来结束这种情况。阿蒙尼姆派特的兄弟塞内菲尔（Sennefer）也是王的密友，同样身居高位：他是底比斯这一极其重要城市的市长。在选择近臣和管理者时，这位统治者似乎将友谊和忠诚置于世袭传统之上。

在埃及的管理体系中，统治者手下一般有两个维西尔：一个管理下埃及地区（三角洲地区），另一个管理上埃及地区（尼罗河流域）。而阿蒙霍特普二世在位期间，古埃及学家发现他只有阿蒙尼姆派特一个维西尔，有迹象表明他可能负责管理整个埃及。

阿蒙尼姆派特的工作十分繁杂。他需要听取几十个监工诸多事项的报告，并定期向统治者进行汇报。虽然他拥有决策的权力，但与阿蒙霍特普个人相关的，或是与埃及相关的重大决定，需要由统治者本人拍板。维西尔负责审理裁决最重要的司法案件，主要是对下级法官裁决提起的上诉。除此之外，他还负责管理王室财产，包括王宫及其安全，并且负责监督国库用度。幸运的是，他手下有庞大的官僚机构处理大量的细节工作。

这个上午注定是繁忙的，而且会越来越忙。他听取了关于国库、粮仓和农业的汇报。国库监管杰夫特尼夫（Djehutynefer）发言时，阿蒙尼姆派特的几名书吏坐在地上记录。杰夫特尼夫自己也带着书吏，有些人拿着写满账目的卷轴，另一些人负责记录汇报过程。像往常一样，他带来的都是好消息，国库里堆满了帝国的收获。拜阿蒙霍特普和他的父亲图特摩斯所赐，受埃及统治的境外国家不断送来贡品，这一进贡传统支撑着王国众多的建造工程和统治者本人优渥的生活。

粮仓主管带来的也是好消息。国家粮仓储备充足，足以撑到下一次收获季，还绰绰有余。面包和啤酒的供应源源不断。但是人们对底比斯郊区几个大型粮仓的使用情况心存担忧。有些粮仓的穹顶随时可能崩塌，这样一来，谷物将暴露在自然环境中，引来鸟类和老鼠。“我命令你即刻对其进行维护修理。”阿蒙尼姆派特指挥道。

书吏记录

上层官僚通常拥有许多头衔，无论他们去世时是什么职位，这些头衔都会堆砌在坟墓的墙壁上。作为阿蒙霍特普二世的维西尔，阿蒙尼姆派特的头衔包括全国首领、最高领地总督、正义之神的祭司、六院守护者、着褶裙者的统领，以及掌握所有西方秘密的人。前任维西尔列赫米留头衔多达三十个，其中包括两座金库和两座银库的总管、手工艺品总管、文书档案总管、宫廷秘闻掌握者，以及“帷幕后的人”。

田地主管来了。跟随他的书吏抱着沉甸甸的包裹，里面装着五六个卷轴，胳膊伸得老长才把它们揽住。报告不可谓不用心，但阿蒙尼姆派特觉得这类东西都很乏味。其中的内容主要关于私有土地、公有土地等各类田地的税收。当然，埃及各地大大小小的田地无数，出产的农产品，尤其是谷物这类产品需要上缴国家和神庙粮仓。报告里还经常会统计牛的数量，这让维西尔不禁觉得田地主管也许是个话痨。显然他乐于到这宫殿里来，也许他想通过滔滔不绝地讲话来增加逗留的时间。有时，阿蒙尼姆派特会慢慢变得不耐烦，要求对方只讲述梗概，即便如此，在他看来报告时间依然太长。

这一次，啰唆的主管汇报了一起发生在两位知名大地主之间的纠纷。很明显，有人挪动了界标的位置。但讽刺的是，挪动界标的嫌疑人将自己的土地面积略微缩减，把河马经常踏过的一条小路甩给了邻居。河马的长期出没影响了田地的收成，而邻居还要为这块田地缴纳税金。就这样，案件提交到了当地法官的手上，判决被告获胜，这次原告向维西尔提起上诉。

阿蒙尼姆派特很了解原告和被告。似乎每隔一年二人就要起一些争执，最终都会经由整个官僚系统呈到自己面前。维西尔思考了片刻。由于没有实实在在令人信服的证据，他的判决就很简单，如果不考虑是对二人同时进行惩罚的话。今后新界标放在河马通道的中间位置。阿蒙尼姆派特让私人书吏将判决写下来交给田地主管，并对他恼怒地说："以后再也别让我听到这两个人的事，也不许再和我提河马！"随后把他赶走。

不得移动耕地的界碑，不得改动测量线的位置。土地1肘尺也不可贪图，寡妇的土地不可侵占，越界犁沟者自损寿命，欺骗行事终将受到月亮的惩罚……小心不要推倒田间界碑，否则会被告上法庭。

阿蒙尼姆派特的指令

单调乏味的工作令维西尔感到厌倦，此时只有一个官员能够让他开心起来，那就是王室工程的主管，现在已经来到了他眼前。神庙、宫殿和王室雕塑等工程的进展总是让人倍感振奋，即便偶尔出现问题，虽然艰难，也终归会有令人满意的解决方案。南部的一个采石场正在建造两座小型方尖碑，北面正在兴建一座新殿，根据汇报，两边的工程进展都相当顺利。最令人关心的是阿蒙霍特普建于秘密之地的王室陵墓，个中细节只有少数人知晓。随着陵墓规模的逐渐扩大，身为维西尔的阿蒙尼姆派特曾多次前往工地视察。官僚阶层的墓地规模在不断扩大，他也指派监工安排了建造师和工人修建自己的陵墓。前任维西尔列赫米留修建了自己的墓地，现任维西尔的兄弟塞内菲尔也在做同样的准备。

作为阿蒙尼姆派特的前任，列赫米留的陵寝装饰格外华丽，绘制了各种各样的手艺与职业活动，其中一些作为插图出现在本书中。阿蒙尼姆派特的兄弟塞内菲尔的陵寝同样非比寻常，墓顶涂抹的灰泥时而光滑，时而随性，使得画作中的葡萄串有了三维立体感。

阿蒙尼姆派特的陵墓坐落在兄弟的陵墓旁边，规模与维西尔的身份相当。神庙的墙上展示着他生前的成就，与来世的辉煌场景。虽然离完工尚早，但希望在未来那一天到来时，一切都能够井然有序。那时的他已经化作木乃伊，准备好永居此处。

与王室工程主管的会面虽然短暂，但令人身心愉悦，精神为之一振，主管离开之后，阿蒙尼姆派特穿过庭院来到王的寝宫，他听到了笑声。透过窗帘一瞥，侍从兼执扇人肯纳蒙（Kenamun）正坐在王的一把椅子上，阿蒙霍特普刚从午睡中醒来，正坐在床边。“Pairy!”王喊道，这是维西尔本人的专属昵称，意思是“同伴”，“肯纳蒙刚刚告诉我界碑和河马的事！那两个家伙就不能消停会儿吗？”

“我发现肯纳蒙很喜欢打听我的事。”阿蒙尼姆派特半开玩笑地说。肯纳蒙是他和王一起长大的朋友，并没有冒犯的意思。

“报告有什么新鲜事？”阿蒙霍特普问道。

“目前国内一切正常。”维西尔回答，“一切都很好。不过我们马上要前往大殿。国库监管已经安排好了纳贡仪式。等您准备好就可以开始。”

阿蒙尼姆派特知道，在王宫的所有仪式活动中，阿蒙霍特普最喜欢的就是这个。一般来说，仪式上会看到新奇的东西，即便没有，王也乐于看看珍奇野兽，以及那些穿着异国服饰的俘虏或上贡人呈上礼物。

阿蒙尼姆派特在底比斯西岸的山坡上为自己精心修建了一座坟墓，那里埋葬着许多富有的官僚，但他还是会被安葬在别处。为了表示对他的极大敬意，最终他被安葬在了王室陵寝中，这是王族之外极少有的殊荣。与原本计划安葬的地方相比，他在帝王谷的坟墓非常简朴，仅有一个普通的竖井，墓室内也未经装饰，但位置坐落在他侍奉一生的统治者阿蒙霍特普二世的雄伟陵寝附近。1906 年被人们发现时，坟墓早已被暴力洗劫（如同帝王谷中大部分陵寝），但阿蒙尼姆派特的木乃伊依然躺在地上，另外还散落着一些刻有他名字的物品。本书作者于 2009 年对坟墓进行了再次发掘，许多七零八落的随葬物品还在那里。

白天的第八个小时
（13：00—14：00）

执扇人的目光

统治者阿赫普鲁拉·阿蒙霍特普在维西尔阿蒙尼姆派特的陪同下，信步穿过宫廷前往大殿。右侧，正式任命的执扇人肯纳蒙紧随其后，保持完美步速的同时，手持一把镀金异国木材制成、装饰着鸵鸟羽毛的巨大扇子，熟练地为统治者遮阳纳凉。一切看起来都堪称完美，配得上神圣统治者的身份，肯纳蒙想：即便是最骄横、最挑剔的异国领袖，也会对这样的场景印象深刻。通向厅外的大门仍然紧闭，两排士兵手持长矛盾牌形成一条颇具震慑力的甬道。

阿蒙霍特普走进大厅，迎接他的是国库监管杰夫特尼夫，根据惯例，他将展示令人印象深刻的最新战利品。十几个书吏沿着两侧墙体席地而坐，他们双腿交叉，将莎草纸铺在褶裙上随时待命。在大厅后方的高台上，安放着镀金宝座，从狭缝般的窗户漏进的阳光正好可以照射在王的身上，让朝拜者沉浸在这超凡脱俗的光芒中，使他们更加确信自己面见了神祇。王走上前去，肯纳蒙步步跟随，侍从迅速递上脚凳，上面雕刻着努比亚人和亚洲人的形象，这是埃及人鄙夷的敌人。每当阿蒙霍特普坐上来，就会象征性地踩上一脚。另一名侍从轻轻地将双冠为统治者戴好，然后退居一旁。

埃及统治者拥有数顶王冠。红色王冠向上延伸，代表下埃及；白色王冠仿佛保龄球瓶，代表上埃及。同时佩戴两个王冠，向世人强调此乃两片土地之主。统治者还会佩戴布织头饰，用金色的带子固定。如果参战或是在公开场合露面，他一般会佩戴一顶特制的蓝王冠。

肯纳蒙站在自己的位置上，王座右侧稍稍靠后，有节奏地轻轻挥动着扇子，小心避开高耸的王冠。即便是最好的朋友，当阿蒙霍特普以国王的姿态出现在公众场合时，肯纳蒙也要严守规矩，表现出逢迎的姿态，同时控制好自己对面前事物的兴奋情绪。另一名执扇人站在左侧相应的位置，仆从众多更能突显王的威望和权力。

几个世纪以来，执扇人一直是统治者随从队伍中固定的组成部分，但“右侧执扇人”的概念是在阿蒙霍特普二世时期确立的。考虑到这一角色与统治者日常的亲密关系，以及在官方场合的出现情况，他们一定对统治者相当忠诚，且获得了高度的信任。

一切就绪后，国库监管杰夫特尼夫向阿蒙霍特普请示是否可以开始，肯纳蒙与另一名执扇人仪态肃穆。王点了点头，下令打开大门，一队人缓缓步入大厅。国库监管表示，每组代表都可以上前一睹法老夺目的风采，当这些外国人返回家园，会兴奋地与同族讲述这一伟大又令人敬畏的时刻。但实际上，他们不能直视统治者，也不能亲自与他交谈。

首先进入大厅的是一群努比亚人，由一队埃及士兵和充当翻译的书吏陪同。“请看！这是可怜的努比亚代表。”杰夫特尼夫说道。面前三四个人身着白色褶裙，短短的黑发上插着羽毛，身上佩戴着象牙项链和耳环。肯纳蒙仍然缓缓地为王扇着风，从这些人的装束能够看出，他们一定是酋长。他们来到王座前，俯身表现出哀求的姿态；在大厅入口处，几十个几乎赤身裸体的人扛着贡品等在一旁，头上顶着篮子和罐子，重压使他们汗流浃背。肯纳蒙的站位十分有利，可以尽情欣赏到这一壮观的场景。

埃及人将宿敌统称为“九弓”（Nine Bows）。他们对异域疆土上的臣民并无好感，王室艺术不断强化臣服和贬低的意味。神庙的墙壁上绘制着统治者处死、征服和羞辱异国人的场景，并骄傲地将征服的城市和部落名字列出来。图坦卡蒙法老墓中的物品几乎完好无损，其中有很多象征着对异国人的贬低，包括把敌人踩在统治者脚下的凉鞋和脚凳。

外国人常被古埃及人视为混乱的始作俑者。从左至右分别是努比亚人、利比亚人和亚洲人的形象，见于塞提一世的陵墓

借助于翻译，酋长开始介绍贡品。首先，高台前的地上摆放着一些篮子，其中盛放的罐子里堆满了碎金子。还有一些盛着各式各样的金饰，无疑是从个别努比亚人家里搜刮来的。随后，二十个赤裸着上身的女人在王座前列队缓缓走过，供王从中挑选仆人和小妾。展示结束后，队伍迅速退场。

接着，几十名男子扛着新伐的乌木走来，将木头整齐堆放在一起后转身离开。几棵漂亮的树被送进来，用与地面水平的杆子挑着，根部埋在装满泥土的篮子里。然后是几捆异域珍禽的羽毛。跟着是几叠黑豹皮和猎豹皮，以及象牙，每一件无疑都是努比亚猎人冒着巨大的风险获得的。

阿蒙霍特普二世的父亲图特摩斯三世拥有自己的植物园，里面栽种着来自埃及各地的奇花异草。坐落于尼罗河东岸的卡纳克神庙中，有一个房间记录了他的植物藏品。

努比亚人依然在展示自己的异域贡品。几十只鸵鸟排着队走进大厅，每只鸵鸟至少有一名驯养员牵着。他们的羽毛和蛋都很珍贵，如果照顾得当，这些鸟可以在围栏中存活。又来了几只巨型狒狒，同样用皮带系着，大摇大摆地东

努比亚人献上长颈鹿

张西望，每个饲养员肩上还蹲着一只小猴子。肯纳蒙讨厌猴子，无论它是什么品种，体型是大是小，而猴子好像也不喜欢他。有时候猴子会在宫殿里闲逛，阿蒙霍特普觉得它们很有意思，将其视为自己的宠物。据说，努比亚狒狒已经被驯服了，但实际上它们的行为是不可预测的，经常会搞破坏。我打赌它们一定是朝着仇恨埃及人的方向驯化的，肯纳蒙心想。

猴子后面呈上来的动物明显更对肯纳蒙的胃口。一对小狮子并肩走来，即便是在炎热的天气里喘着粗气，也不失其高贵感。接下来是一对小长颈鹿，埃及人觉得很有趣，但它们很难照顾。最后是本月努比亚人呈上的最后一件贡品：一只戴着浮雕皮革项圈的未成年黑豹，光滑的皮毛和黄色的眼睛吸引了在场众人的注意。肯纳蒙喜欢各种体型的猫科动物，尤其喜欢体型较小的家养品种。埃及人对很多动物都感到害怕或厌恶，但猫可不一样。它们性格独立，惹人喜爱，还有捕捉并杀死小型害兽的好处，人类即便被它们咬伤抓伤，一般也不会致命。

在埃及，人们对猫的喜爱是有据可查的。至少有两位神祇以猫科动物形象示人：凶猛好战的母狮塞赫美特和小型家猫形态的巴斯泰托（Bastet），二者都有好战和护卫的属性。人们将猫做成木乃伊放在特制的木棺内，在献祭给巴斯泰托的墓穴中，人们发现了数千具猫木乃伊。图特摩斯王子是阿蒙霍特普的曾孙，没能活到成为国王的时候，他为自己钟爱的宠物猫打造了一具雕刻精美的石灰石棺材。

努比亚人将众多珍宝一一展示完毕后，一队埃及人列队上前，将贡品抬走。肯纳蒙看到阿蒙尼姆派特给了阿蒙霍特普一个会意的微笑。他们对努比亚的贡品非常满意。大厅腾空后，轮到下一个地域呈上贡品了。这些人代表的是

“邪恶的亚洲城邦、藩镇和部落”，入侵的埃及人表示，每个地区都要上缴贡品。阿蒙霍特普对这些人一点好感也没有，他目睹了众多埃及士兵在与异族作战时丧生。他们留着长发，戴着珠串，身穿颜色艳丽的褶裙和上衫，在王座前排成两行。“此乃荷鲁斯的化身，阿赫普鲁拉！还不速速跪下！”阿蒙尼姆派特命令道，这番话经由翻译迅速传达下去。“跪下！爬过来！停！”作为拥有至高权力的人，阿蒙特普面无表情，俯视众人。看到这番场景，肯纳蒙憋住了笑意。台下的人紧张地匍匐了一阵，命令再次传来：“回去吧！回去告诉你的族人在埃及的所见所闻。带着恐惧和敬畏再回来！走吧！”只见对方缓缓起身，低着头退了出去。

紧接着，亚洲的贡品呈了上来。金饰一篮接一篮，也许是搜刮而来，也许是上贡得来，都是从个人手中收集起来，为的是凑足进贡的份额。接着走来几十个漂亮的女人，她们留着黑色的长发，穿着朴素的衣服，转着圈从王座前缓缓走过，随后离开。一个矮胖结实、须发稀疏的亚洲人牵着一头黑熊走来。黑熊显然很烦躁，发出不满的吼叫声。肯纳蒙和阿蒙霍特普的随从以前很少见到这样的动物，觉得很有意思。他想起曾经有水手在运输类似的熊的时候遭到攻击，这种动物的饲养成本很高，皮毛也不适合埃及的气候。尽管如此，如果圈养在适当的环境中，它们也算很有观赏价值的有趣生物。

接下来的贡品让肯纳蒙非常高兴。这种贡品比截至目前为止看到的任何财宝都更能引起阿蒙霍特普的兴趣，这就是马匹！王的马厩里饲养着疆域内最强壮、速度最快的马，每当它们拉着战车上战场时，他也欣赏着骏马健壮的身姿。眼前大概有上百匹马，每匹都好好打扮过，其中许多马头上还系着羽毛。它们一匹接一匹从王座面前缓缓成队走过。最后，埃及驭手驾驶着十多辆缴获的战车上前。阿蒙霍特普从中选出最优秀的留下并训练。

“还有吗？”法老期待地询问。“还有。”杰夫特尼夫回答，“克弗悌乌（Keftiu）也派来了使者。”阿蒙霍特普曾告诉过肯纳蒙，自己对克弗悌乌人没有敌意。他们生活在埃及北部大绿海的克里特岛上，多数时候都与埃及建立着和平的贸易关系。“让他们进来。”王命令道。

克弗悌乌使节抵达，他们的外表和着装与努比亚人和亚洲人截然不同。肯纳蒙注意到，不同于其他使节，克弗悌乌人不需要匍匐在地，只需要下跪和鞠躬。他们的贡品大多数是盛在罐子里的葡萄酒，很受埃及人欢迎。维西尔代表令人望而生畏的王送走了他们，大厅的贡品再次清空。

阿蒙霍特普从王座上站起来伸了伸腿，书吏们匆匆退下。肯纳蒙问道：“您还满意吗？”还没等统治者本人开口，肯纳蒙先说了自己的看法：“我觉得还不错，但几个月之前的贡品数量更多。努比亚人这次怎么没带香料来？比起这对长颈鹿我更想要香料！还有那些叙利亚人，我可不喜欢他们的胡子，应该派人给他们剃掉。这次怎么没有利比亚人？难道他们没有能够朝贡的东西吗？”阿蒙霍特普什么也没说，转身走了。尽管如此，这仍是一场精彩的表演。

白天的第九个小时
（14：00—15：00）

伟大的王后提出要求

在尼罗河边的一座凉亭里，提娅舒服地坐在椅子上，她沉思的时候，旁边站着两名侍从，随时听候调遣。她确实会发出一些指令，但这些指令都要被告知她的丈夫阿蒙霍特普，他是上下埃及之主，也是太阳之子。他要考虑很多事，其中包括王后会不会威胁到他的统治。阿蒙霍特普仍在致力于抹去王室前任女性统治者哈特谢普苏特存在的痕迹，但人们仍然没有忘记她的统治。大量纪念碑上雕刻着对她的赞誉，包括那座闪闪发亮的方尖碑，即便距离卡纳克很远也能够看到。即便将她的雕像打碎，将她的名字从纪念碑上凿掉，仍有太多人经历了她的时代，回忆和传说是无法抹去的。

作为伟大的王后，即便提娅想做一些非常规的事，也不想显露出过多的野心。哈特谢普苏特成了后世的禁忌：埃及不允许女性成为统治者，无论从传统角度，还是宗教角度，这种做法都不可取。这种情况是否还会出现需要存疑，考虑到提娅已经生了好几个男孩，她成为哈特谢普苏特第二的可能性已经很小了。与先王们不同，阿蒙霍特普至今还没有再娶。他的父亲图特摩斯就有许多妻子，其中还包括三位来自叙利亚的异族女子。

一些埃及考古学者推测，哈特谢普苏特可能曾考虑过让自己唯一的女儿娜芙瑞（Neferure）成为继承人。然而她在位时，娜芙瑞就已经失踪或去世了。在图特摩斯三世幼年时期，哈特谢普苏特牢牢握紧了权力的缰绳。在她死后，年轻的王子迫不及待独揽大局。

按照传统，阿蒙霍特普去世后，长子将成为下一任统治者。提娅更偏爱一个名叫图特摩斯的性格温驯的孩子，他会成为第四位冠以此名的统治者。等到丈夫死后，提娅自己将成为王的母亲，这样的角色和头衔可以说与伟大的王后同样具有影响力，这让她很满意。提娅很清楚，作为目前仍然在

世的王太后，默莉特－哈特谢普苏特（Merytre–Hatshepsut）是个专横的婆婆，对儿子有很大影响力。除了日常的诸多要求之外，她要求在王室墓地为自己修建一座陵墓，位置要靠近儿子的陵墓。提娅觉得自己也应该这样要求。

种种迹象表明，图特摩斯四世的继位过程中可能存在宫廷阴谋。吉萨狮身人面像的巨大石碑上刻着一段文字，内容是阐述统治的合法性，其中包括王子在梦中与狮身人面之神交流的故事。故事讲道，如果他能将狮身人面像从沙土中解救出来，就能成为埃及的统治者。一些埃及考古学者认为，这样古怪的合法性宣言，动机多少有些可疑。

提娅向负责为阿蒙霍特普修建陵寝的监工询问，发现一些王室女性的陵寝坐落在王室墓地南边的悬崖附近。它们是通过在远离地面的岩石中开凿隧道的方式建造的，这样可以防止盗墓人破坏坟墓，掠夺财宝。她了解到，哈特谢普苏特在成为统治者前就修建了陵墓，另一座陵墓是为女儿娜芙瑞修建的，还有一座是为图特摩斯的三个叙利亚妻子修建的。总结下来，提娅认为陵寝离丈夫这么远可不行。

除了哈特谢普苏特之外，在古埃及3000年的历史中很少有女性担任统治者。有迹象表明，早期埃及曾出现过一位梅里特-妮特（Meryt-Neith）女王，但她的名字并没有出现在历代法老的名单中（话说回来，即便是有确切统治痕迹的哈特谢普苏特也没有出现在名单上）。第六王朝时有一位名叫妮托克里（Nitocris）的女性统治者被列入名单，但没有确切的考古证据证明她存在过。第十二王朝时期，索布克尼弗鲁（Sobeknefru）显然统治了六年时间。当然，还有第十八王朝时期的哈特谢普苏特。不过，有人认为，同一王朝稍晚的王后奈芙蒂蒂（Nefertiti）在备受争议的丈夫阿肯那顿（Akhenaten）去世后曾成为统治者。另一位女性特沃斯特（Twosret）在混乱的第十九王朝末期独自统治了大约两年。还有一千年后著名的克利奥帕特拉。虽然人们视她为埃及艳后，但实际上她是希腊裔埃及女王。罗马帝国扩张时期，希腊统治埃及的300年在她手中终结。

提娅享受着奢华的生活，几乎没有什么必要的职责，几个孩子大部分时间由别人照看，偶尔和阿蒙霍特普一起露个面，她有充足的时间思考陵墓这类问题。有时她也会想想，阿蒙霍特普为了自己解闷，或是为了向公众展示自己的神圣力量和健康而表演的那些蛮力运动，其实都很危险。她特别讨厌在移动的战车上射箭，也觉得跑步非常愚蠢。但是划船很有观赏性，尤其是坐在河边豪华的凉亭里吹着风观赏。尽管如此，她并不相信丈夫如超人般划桨的英勇传奇，也不相信战场上或神庙的墙壁上那些骇人听闻的英雄壮举。

很多埃及的统治者都拥有“后宫”，这是王室妇女和儿童居住的场所，由殷勤的仆人照看。拉美西斯三世统治时期，他的侧室为了让自己最爱的儿子登上王位，策划刺杀拉美西斯，王的木乃伊表明他们似乎成功了。但是，对阴谋的指控和判决的细节都记录在了莎草纸文件中。虽然在多数情况下，对于如何惩罚并没有详细的记录，但他们一定受到了严厉的惩罚，有些罪行需要犯人付出生命的代价。

另一件让提娅心烦的事是阿蒙霍特普的宠物。他有一群膘肥体壮、训练有素的猎犬，它们身材圆润，渴望取悦主人。阿蒙霍特普偶尔会允许猎犬进入王室居住区，它们会在宫殿内狂奔以博取主人欢心。即便在宫廷之外，人们也常常能听到远处传来的吠叫。当然，还有猴子。提娅对它们毫

提娅，阿蒙霍特普二世的王后

无兴趣，不理解为什么有人喜欢它们，还让它们在庭院里闲逛？她不止一次坚持要求丈夫把这些行为无法预测的活泼宠物驱赶出去，但是没有用。等她独自去其他宫殿再返回时，会发现宠物们还在这里，不时还会增添数量。

虽然她这一天大部分时间都没有在宫内，但提娅早就知道今天发生的事了。外国人带着夸张的贡品又来了。她对这种上贡方式很反感，因为仪式总是异常嘈杂，空气中混合着汗水和其他异样的味道，面对埃及的统治者和那些令人生畏的士兵和官僚，换作谁都会有一丝恐惧。但是，她很喜欢进贡献上的奢侈品，尤其是在众人离开宫殿之后。阿蒙霍特普会让她翻检珠宝篮子，挑选自己喜欢的首饰。

信使前来通知，她的丈夫很快就要过来了。不久，人未到笑声先到。阿蒙霍特普看上去很高兴，维西尔阿蒙尼姆派特和密友肯纳蒙也是一样。“他俩看见他的次数比我还多！”提娅想。三人身后是牵着绳子的士兵。正如提娅担心的一样，又来了许多动物。“看哪，提娅！”阿蒙霍特普向她招呼道，“来自叙利亚的熊！让它用后腿站起来。”国王下令，士兵用棍子击打，熊高高地直立了一会儿，然后又恢复了自然姿态。提娅早就见过这个花招，对此并不感兴趣。

小长颈鹿跟着走了进来，提娅觉得它们和其他动物一样：只有小时候才可爱。到目前为止，这些动物还可以忍受，但可怕的猴子很快出现了。即使拴着皮带，它们还是不断跳跃，窜来窜去，无穷无尽的叽叽喳喳声惹人厌烦。

帝王谷中三座未经装饰的小坟墓至今都让考古学家感到困惑。这些坟墓靠近阿蒙霍特普二世的陵寝，每座里面都有一具猴子木乃伊，其中一座里还有一具狗木乃伊。有些动物被拔掉了锋利的犬齿，也许是为了让它们更安全地陪伴在人类旁边。陵墓的位置靠近阿蒙霍特普表明他们之间有关联。这是他的宠物，还是

其他统治者的？亦或是为了某种宗教目的安排的？

阿蒙霍特普看到王后脸上愤怒的表情。“今天的贡品很好！你真应该看看那些首饰。快回宫殿里看看吧！”提娅回答：“我想先和你单独说几句话。”

阿蒙霍特普命令其他人把动物牵走，等到声音渐远，提娅简短地说出了自己的要求。

“首先，我要在王室陵寝区建坟墓。我不想最后被埋在你父亲那些女人旁边，埋在那遥远而可怕的悬崖上。”

阿蒙霍特普思考了一会儿，但是毫不犹豫地同意了。“我可以安排。规模会与你的身份相称，不要指望和我的陵寝一样宏伟。你知道的，我是荷鲁斯的化身。”

随后，提娅要阿蒙霍特普再次保证，自己会是他唯一的妻子，她不想和其他侧室竞争，也不想处置这些女人生的孩子。她不希望阿蒙霍特普像他父亲那样接收异国公主作为礼物。她不希望以后再有女人成群结队、赤身裸体地在进贡仪式上出现。她希望自己能被好好照顾。

她屏住呼吸，等待丈夫的回答。幸好，阿蒙霍特普承诺自己只会有一个王后。“你是伟大的王后，伟大的王室贤妻，除了你我想不到其他人能够胜任。我承诺会照顾你。”

就这样，二人拥抱在一起，提娅再次保证自己不会成为潜在的女性篡位者，虽然她偶尔会有这样的心思。但是，她还是忍不住在丈夫的耳边低语："把猴子们赶走！"

提娅最终确实在新王国时期的王室陵墓群帝王谷中占有一席之地。陵墓由几条楼梯和走廊组成，通往墓室。陵墓的墙壁上没有装饰，表明此处并非统治者的陵墓。考古学家发现，陵墓遭到了盗窃和破坏，但从留下的大量陪葬品可以确定，这座坟墓确实属于提娅。

白天的第十个小时

（15：00—16：00）

职业哀悼者再次哭泣

我与那些恸悼的妇人一般，割下发丝悼念奥西里斯……在奥西里斯的顽敌前吐露真言。

《阿尼的纸草》

“把头发再弄乱一点！”亨努特诺弗雷特（Henutnofret）说道，“你看起来还不够悲伤。把那件衣服脱了穿这件。”她边说边给女儿扔过去一条脏兮兮的褶裙。香缇（Henti）像亨努特诺弗雷特一样脱下了干净的衣服，把一块脏布缠在腰间。她们赤裸着上身，在胸前擦上白色的粉末准备出发。

“我讨厌干这个。”香缇抱怨道，“又难过又尴尬。看看我穿的，根本像没穿衣服一样。”

“如果你能感受到悲伤，就会表现出悲伤的样子，这就够了。说到衣服，我看你在聚会上跳舞的时候也几乎什么都没穿！”

“那不一样，我正希望今天的工作赶快结束，晚上我还要去监工乌瑟哈特的宴会上跳舞呢。”

亨努特诺弗雷特和香缇是职业哀悼者，人们雇佣她们在丧葬仪式上哀悼逝者，要表现出极度悲伤的样子。今天将要下葬的人是伊皮。他可能是底比斯最不受欢迎的人，但他有很多大人物朋友，而且相当富有——足以在上层官僚的墓葬区建造自己的坟墓。他名声不好，连家人也极度憎恨他，尤其是他的妻子巴基坦姆。伊皮一直醉醺醺的，喜欢花钱向女人购买“特殊服务”；他虽然富有，却很吝啬，很少与他人分享。亨努特诺弗雷特知道，香缇曾在伊皮的聚会上跳过舞，其间对方不仅一直骚扰她（耽误了招待其他客人的时间），而且只支付了约定金额的一半。

清晨，木乃伊送抵伊皮的豪宅，棺材、陪葬品和食物也陆续抵达。当亨努特诺弗雷特和香缇到场的时候，基本上所有东西都已经准备好，准备运往河西岸。制作木乃伊的哈普内塞布也在场，还有几个主持仪式的祭司，以及几十个把东西搬运进坟墓的人。巴基坦姆独自站着，离她丈夫为数不多的几个朋友也很远，亨努特诺弗雷特能看得出来，她鄙视这些朋友。死者的孩子们拒绝出席葬礼。这是不合礼仪的大事，毕竟长子要在仪式上扮演哀悼祭司的角色，但鉴于其父的声誉，没人会责怪他。幸运的是，现场雇来的祭司将履行这一职责。

棺材放在特殊的丧葬木橇上，上面遮盖着防腐师拿来的木制帐篷，另一个帐篷下放着盛有四个罐子的箱子，里面装着伊皮的内脏。哈普内塞布一声令下，所有人排成一列开始前进，有的人拉着木橇，有的人扛着家具和箱子。祭司们带路，后面跟着巴基坦姆和伊皮的朋友们，再后面是扛着物品的队伍，亨努特诺弗雷特和香缇跟在最后。亨努特诺弗雷特说："就算是给伊皮面子，我们得演得真一点儿。"希望出名抠门的巴基坦姆会按照约定付给她们足额的报酬。

尖叫声和装模作样的哀伤气氛吸引了沿途路人的注意，队伍暂停下来，大家把所有东西装上了船。香缇和亨努特诺弗雷特安静地坐在船上渡河，一旦到对岸下了船，她们就要继续哭。通往社会上层墓葬群的山路熟悉而又漫长，沿途有几个停靠点，供扛东西和拉车的人歇脚。短暂的休息时间对哀悼者来说是个好机会，她们可以尽全力来表达"痛苦"之情。她们蹲下身来，在尘土中摇晃着头大声哀号。亨努特诺弗雷特心里很清楚，哭丧是有报酬的，否则连伊皮的朋友都不会为他哭泣。女性哀悼者与棺材和其他物品不同，价格非常便宜。即便如此，亨努特诺弗雷特听说巴基坦姆还是把花销缩减得少之又少。陪葬的有用的日用品是最少的，而且几乎没有食物被封在墓里。

负责装饰坟墓的朋友告诉亨努特诺弗雷特，尽管伊皮以齐啬著称，但几年前他还是像底比斯的高级官员那样委托修建了自己的坟墓。他说自己的坟墓非同寻常——在石灰岩的山坡上凿出一个追悼厅，厅前有一个庭院。追悼厅经由一个通道通向狭窄的房间，房间向左右两侧延伸开。再向前是长方向的房间。伊皮本人将葬在庭院下面的地下墓室里，通过竖井进出，封填后便可密封起来。

聊起这件事时，她的朋友笑了起来，他说伊皮要保证自己的追悼厅能容纳前来哀悼自己的亲友，厅内的灰泥墙上绘

一场包含了祭司、躺在棺材中的死者，以及一群职业哀悼者的葬礼。出自胡内弗尔（Hunefer）的《亡灵书》

制了华丽的图案，安排好自己来世的生活；伊皮一定知道，他死去后，在现实中没什么人会关注自己。绘画讲述了他人生中的高光时刻，其中包括与阿蒙霍特普的几次邂逅，除此之外，墙壁上画满了伊皮健壮、英俊、体面的肖像，他坐在桌前，面前高高地堆满了埃及最好的食物。光有画作还不够，附加的文字清晰地说明，伊皮在有生之年和来世都是重要的大人物，无论是否有人挂念，他都有足够的食物可以享受。

古埃及人将超自然事物通过书写、口述或艺术描绘的方式描绘出来。许多社会上层人士的陵墓中用彩绘描绘出理想化的来世场景，其中包括食物供应，以此维持或提升死后的种种需求。

亨努特诺弗雷特和香缇随着队伍最终来到了伊皮坟墓的庭院里，前厅是在制作木乃伊的时候才建完的。亨努特诺弗雷特看到院子本身刷成了白色，追悼厅的大门也是一样，上方有两排圆盘，每个圆盘上都刻有伊皮名字和官衔的象形文字铭文。圆盘呈锥形插入砂浆中。院子中央有一个很深的竖井，所有陪葬品都堆放在附近。

人们发现了数以千计的丧葬锥（funerary cones），它们属于数百名官员，尤以新王国时期居多。年复一年，随着坟墓前厅正面的不断坍塌，锥体掉落到地上，因为便于携带，古董商人将它们收集起来四处售卖。这种锥体的确切作用仍存在争议。有趣的是，有些锥体上的名字与已知的坟墓无法对应，这表明还有更多社会上层墓葬尚未被发现。

工作人员和搬运工将木乃伊从棺材中移出，将其直立放在大厅入口处。亨努特诺弗雷特看到祭司带着卷轴走上前去，开始念咒语。这位殡葬祭司精通殡葬艺术，他穿着纯白的服装，肩披一张豹纹皮，相当扎眼。他的角色最为重要，因为他要主持净化环节和“开口仪式”，让伊皮的灵魂得以重生，生命得以重构。

殡葬祭祀用药膏擦拭木乃伊的嘴，随后把凿子和其他工具伸了进去，自己口中念着咒语。拐角处走来一个人，手里拿着刚刚切下来的牛腿——亨努特诺弗雷特看到那腿还在抽搐——放到木乃伊面前。再过一会儿，被屠宰的牲畜会成为哀悼宴会上的美味佳肴，吃剩的东西也是犒劳祭司和其他参与者的好东西。与此同时，亨努特诺弗雷特和香缇继续呜咽抽泣着，偶尔视情况哀号喊叫。

在尽职尽责哭嚎的同时，亨努特诺弗雷特时常思忖伴随着这份哀悼的死亡之旅。眼下伊皮正在去往来世的路上，这是一段相当凶险的旅程，通过审判要经历紧张的折磨。亨努特诺弗雷特看到，在各种丧葬用品中，有个罐子里放着卷轴。这份莎草纸卷轴是《亡灵书》的副本，将会为伊皮提供指引，帮助他顺利通过这段路。以伊皮吝啬的名声揣想，卷轴很可能是便宜货。如果是这样，其中的文字可能有很多错误，毕竟它也许出自一名想要练手的学生书吏之手。有些时候，卷轴上另一位死者的名字会被草草刮掉，就此进行替换。

想要穿越阴森恐怖的死后世界，摆脱沿途恶魔的阻碍是相当严酷的考验，既要有相应的知识，也要有正确的咒语。但是，审判大厅才是最终决定亡灵是否永生的地方。在那里，亡灵会遇见死神奥西里斯，以及站在王座后面守护他的两姐妹——伊西斯（Isis）和奈芙蒂斯（Nephthys）。四十二位鉴定罪行的神祇也一并在场，审问亡灵生前犯过的各种过错。亡灵一般会逐条否认这些罪行。最后，在阿努比斯（Anubis）的监督下，伊皮的心脏将会与代表真理的玛阿特女神的羽毛比试重量，并由透特予以记录。称量心脏和羽毛重量的天平需要保持平衡，否则结果会很可怕。恶魔般的怪兽阿穆特（Ammut）正饥渴地守在一旁，它是“亡魂吞噬者”，长着鳄鱼的头、豹子的身体和河马的腿。如果受审判者遗憾地存在污点，他的心脏将会喂给阿穆特，死者也将不复存在。邪恶之人不配拥有愉快的来世。

《亡灵书》中包含“否认忏悔”或称“无罪宣言”的部分，以备神灵的审问。以下是死者关于不当行为的否认范例：

我没有犯罪。

我没有施暴抢劫。

我没有偷盗。

我没有杀过男人和女人

我没有偷过粮食。

我没有偷过祭品。

我没有偷过神的财产。

我没有说过谎。

我没有骂过人。

我没有攻击过他人。

我没有欺骗过他人。

我没有偷窃耕地。

我没有偷听过。

我没有诽谤他人。

我没有亵渎神灵。

我没有实施过暴力。

我没有挑起过争端。

我没有冤枉任何人，我没有做过坏事。

种类繁多的仪式终将结束，两个搬运工顺着墓坑侧面挖的小洞爬了下去。木乃伊放归原位，棺材用绳子吊下来，由下方的人接下。接下来是装有伊皮内脏的盒子，然后是一些家具、几箱衣服、一篮子食品和一些巨大的酒瓶。此外还有一个小盒子，里面装着小小的拿着工具的木头人，这是陪葬俑（shabtis），它们可以充当伊皮的仆人。亨努特诺弗雷特发现竖井上方并没有传送下来什么值钱的东西，显然是巴基坦姆有意为之。最后，装有《亡灵书》的罐子被放在棺材头部旁边。下方的工人离开墓室，用石头封住入口，然后爬上地面。

终于开始分发食物了，亨努特诺弗雷特和香缇再次发出尖叫声，这是一整天中唯一真实的情感流露。派发的食物有肉类、水果和葡萄酒。亨努特诺弗雷特一边吃一边喃喃自语："谢谢你，伊皮。"尽管言语并不那么真诚，但已经是这些年来人们对伊皮说过的最动听的话了。

白天的第十一个小时

（16：00—17：00）

建造师巡视王室陵墓

我独自巡视了陛下的悬崖陵寝，没人看到，也没人听到。

建造师艾纳尼（Ineni）的碑文

今天是个炎热的日子，建造师内斯威（Neswy）沿着山间小径艰难跋涉，在过去的几年中，他每隔几天就要这样走一趟，就算在睡梦中也能轻车熟路了。但他肯定不会真的这么做，毕竟这条路已经毗邻垂直悬崖的边缘，下方就是底比斯西岸的平原。悬崖下可以看到统治者阿蒙霍特普一世和三位图特摩斯的纪念神庙，还有一座扎眼且庞大的神庙，是献给哈特谢普苏特和更早的一位统治者孟图霍特普（Montuhotep）的。他看到许多主持仪式的祭司在各个建筑中进进出出，围绕在位统治者纪念神庙的活动尤其活跃。河对岸的卡纳克神庙清晰可见，方尖碑在强烈日光的照耀下熠熠生辉。

内斯威前往的是这片土地上最高贵、最神秘的地方之一：神圣王族的墓地。埃及最后几位统治者和阿蒙霍特普二世都葬于此处。这里位于偏远沙漠的山谷中，与世隔绝，并不希望为人所知晓。向上看，有一座山峰像是巨大的天然金字塔，以往统治者陵墓的命运时刻警醒着内斯威。

内斯威曾不止一次向北前往孟斐斯，沿途看到许多石头建造的金字塔，有时还会看到泥砖。有些金字塔确实规模巨大，数英里之外就能看到它们洁白闪亮的石灰岩。作为多年前法老们最终的安息之地，它们确实相当壮观，但据内斯威所知，它们在保护逝者安息方面做得不够好。所有人都能看到闪闪发光的金字塔，它像是风向标一般引诱着野心满满、吃苦耐劳的盗墓者。从图特摩斯一世开始，埃及统治者的陵墓就不再公之于众。

为了给王室成员寻找安息的好位置，人们对西部沙漠峡谷地区进行了探索，提出了几个安葬逝者位置的标准，包括地处边远，拥有质量较好、适于建造王室陵墓的岩石，方便工人前往工作，以及位置易于保护。有一个峡谷符合这些标准，这里有金字塔形状的高耸山峰，为下方修建的坟墓提供了象征意义。这是个完美的地点。

内斯威受命成为阿蒙霍特普永久安息之地的监工，这里埋葬着多位王室先人。对于这项工作，他已经积累了不少经

帝王谷阿蒙霍特普二世墓室中的阿蒙霍特普二世与阿努比斯神画像

验，他曾参与过前任统治者陵墓的修建工作。建造新陵墓是相当复杂的过程，自开工以来已经经历了近十年。希望工程能在阿蒙霍特普飞去下一条地平线之前竣工。

通向峡谷的道路始于一个非常特别的村子，内斯威就住在此处，这里和埃及其他村庄都不同。村子里的居民由工人和工匠组成，人们的主要工作就是建设王室陵墓。包括其他家庭成员在内，这里有几十人；村子的位置远离人群，离悬崖很近，离陵墓很近，可以徒步前去工作。因此，村子不仅需要能够为工作提供必要的工具，还需要供给包括水在内的诸多日常必需品。建筑工作艰苦而繁重，但根据埃及历法，一周十天，工人可以在最后两天休息。

这个修建王室陵墓的工匠居住的小村落，如今以其阿拉伯语名字“戴尔·埃勒-麦地那”（Deir el-Medina）闻名。考古学家在这里挖掘研究了一百多年。村子于新王国末期被遗弃，由于地处干燥的沙漠环境，这里保存完好，虽然并非典型的定居点，但还是为学者们提供了观察那个时代日常生活的独特视角。村子里的工匠利用修建王室陵墓的技巧，在自家附近为自己建造了坟墓。虽然这些坟墓普遍很小，但装饰得很漂亮，有些墓室被发现时里面的东西完好无损。

内斯威住在这里，有时会觉得生活很沉闷。这里条件有限，而且也并非人人都能和睦相处。与所有社会群体一样，这里的人们也会争吵，偶尔还会围绕待遇或日常生活所需的分配问题发生争执。与此同时，婚姻丑闻和法律纠纷也很容易迅速扩散开来。如果想要离开一两个小时清静清静，其实没有太多的选择。尽管如此，村子的位置还是很好。能够与值得信赖、技术娴熟的工人为伍也是一项殊荣，每当内斯威经历了很糟糕的一天，他总会这样试图说服自己，同时他希望属下也能秉持这样的心态。

终于，内斯威来到小路上一个低处，看到了几座小石屋，这些屋子既适合守墓人，也适合工人。凉风吹过，如果不想回到村子里面对嘈杂烦心的场面，这里是个舒适的落脚地，甚至可以过夜。路过小屋，小路向下延伸到谷底。继续往前走，绕过一座小山，就能看到工人出现在对面的斜坡上。

帝王谷的第一座陵墓远离谷底，坐落于水道之下，降雨时格外热闹。这里的自然特点给建造陵墓打好了基础，偶尔经由降雨带下的碎石能更好地将密闭的陵墓掩藏起来。如果将陵墓建在平坦的河床上，肆虐的洪水会摧毁挡在它前方的任何东西。

故去的法老图特摩斯三世将陵墓建在了峡谷悬崖的高处，一个难以置信但很容易保护的位置。它设计得格外精巧。陵墓在石灰岩上开凿，先是修建了一段陡峭笔直的下坡路，沿着坡度修建了阶梯和倾斜的走廊。斜坡的尽头是一个深坑，可以抵挡洪水突如其来的袭击，对盗墓贼也是一个阻碍。越过深坑是通向前厅式小房间一角的入口，由此从房间的一角进入，特征是有一对柱子。走到这里，需要经过一个向左的急转弯才能继续向前。前厅的墙壁上绘制着上百幅《冥灵行状》（*Amduat*）中的场景，这些保留在王室陵寝中的古文献描述了已经逝去的统治者与太阳在地下的黑夜世界共同度过惊险的 12 小时，再一道重生的故事。

另一条楼梯通向墓室，墓室中有两根柱子和四个储藏室。墓室本身相当宏伟，椭圆的形状呼应了古埃及象形文字中围绕统治者或神祇姓名的象形茧，它是埃及象征永恒的符号的拉长版，也就是一圈绳索绑成的连续圆环。靠近后面的地方放置着王的石棺。它由一大块黄色石英岩制成，配有相应的棺盖，也类似一个象形茧。墙上装饰着《冥灵行状》中的部分内容，天花板上绘有星空图案。陵墓相当壮观，独创的设计是古往今来所没有的。阿蒙霍特普想按照这个样式建造自己的陵墓。

新王国时期末，王室陵墓中的大部分都遭到洗劫，帝王谷也很快遭到遗弃。不久之后，一些祭司逐一检查陵墓，将毁坏的木乃伊收起来重新包裹，存放在几个秘密的藏匿处，防止进一步破坏。阿蒙霍特普二世

的陵墓就是这样一个藏匿处，除了统治者本人外，人们在其中发现了另外十六具木乃伊。

内斯威向工人们走去，很多人正忙着把地下的石灰石碎片一篮子一篮子拖出来。一看到内斯威，他们立刻加快动作，尽管这么快的速度坚持不了多久，但总归想给他留个好印象。有个人跑去陵墓里去喊工头古阿（Gua），不一会儿，古阿就出现在楼梯上，咳嗽着，身上满是白色的灰尘。两人热情地互相打招呼，内斯威问他项目进展如何，他从肩上的口袋里掏出莎草纸卷轴，把陵墓图纸铺开。图纸看起来和图特摩斯三世的陵墓布局相同，但更有棱角，墓室有六根柱子，墙壁线条更直。古阿指着最后几级台阶说："到这儿了，接下来要给墓室开门框了。希望我们的统治者活到它完工的那一天。"内斯威表示赞同。

大约五百年间，帝王谷是新王国时期主要的王室墓地。那个时代的每位统治者都有自己的陵寝，但仍有两座尚未被发现或确认：图特摩斯二世和拉美西斯十世。这两位也许就埋葬在已知的坟墓中，但由于没有发现任何痕迹，也有陵墓尚未被发现的可能。在这些宏伟的王室陵墓中，还有几十座未经装饰的小型陵墓，

它们属于其他王室成员或其他特殊人物，比如阿蒙霍特普二世的维西尔阿蒙尼姆派特。

古阿自己有图纸的副本，平面图工整地画在一大块扁平的石灰石上，内斯威知道他把石头保存在陵墓里，以备定期查阅。古阿管理着两组雕刻工，一组负责走廊一侧。每当拓展一块新区域的时候，会先挖一条隧道，笔直地贯穿中心。随后，两组工人分别在不同方向雕刻出对称的纹路。工作并不复杂，但需要时常保持警惕，以保证一切井然有序。

“你要去看看吗？”古阿问道。虽然职责在身，内斯威还是不喜欢在修建过程中下到陵墓中去。空气中总是弥漫着令人窒息的灰尘，如同一层雾霭遮住视线。他比较喜欢在工人休息时，或是内室状况比较好的时候去看看。

“不了，下次吧。你有什么需要的东西吗？”建造师问道，尽管这并非他真正的工作职责。

他看着古阿沉思了一会儿。“对，我们的灯芯和油马上要用完了。如果灯再多一些就更好了。工人们还需要更多水和亚麻布擦拭身体。我们还需要啤酒。”

“还有别的吗？”内斯威问道。

“有，他们还需要更多凿子和木槌。”古阿指着大篮子说，里面装满了弯曲和已用钝的铜制工具，以及破碎的大块木头。

“还有别的吗？”

“守卫们说他们不喜欢吃这些，而且也不够吃。”

“还有吗？”

“有。我们要换两头驴。这两头总是叫。太吵了，尤其是晚上。”

内斯威决定不再提问。他从肩膀上取下小麻袋，拿出书写工具。在调色板上把墨水和少许水混合后，他拿起一小片石灰石开始记录。“灯、灯芯和油、凿子和木槌、啤酒、好吃的食物。”他一边向古阿保证自己一定会处理，一边收拾东西准备离开，“我过几天再来。”

帝王谷中阿蒙霍特普二世陵墓入口

穿过山谷往村子里走的时候，他听到古阿的声音在路上回荡："别忘了我说的那些驴子！"

埃及学家从戴尔·埃勒-麦地那和帝王谷保存下来的数以百计的碎陶片和石片上的文字中获得了大量信息。陶片上的文字为我们提供了观察村庄日常生活的独特视角，同时展现了建设王室陵寝的诸多细节。

白天的第十二个小时

（17：00—18：00）

木匠打完一口棺材

现在是白天的第十二个小时，内布塞尼（Nebseni）和助手们把打好的棺材放置在作坊遮阴的地方，旁边还停放着六副棺材。由于种种原因，在过去的几个月里接连有富人去世，木匠们因此格外忙碌。有人是淹死的，也有人遭遇谋杀身亡，另外几个感染了不治之症。当然还有从墙上摔下来的伊皮，几天后才有人发现。作为木匠们的头儿，内布塞尼早晨刚刚把棺材送到伊皮的遗孀巴基坦姆那豪华的家里。几个月前，她的丈夫去世后几天，她就来到内布塞尼的作坊，订购了一副“生命之棺”。他从防腐师那里已经听说了，巴基坦姆只要最次的东西。

内布塞尼表示自己所有的棺材都质量上乘，只是价格有所不同，既有简单的棺木，也有面部和双手部位镀金并镶嵌美丽石头的棺木。不出所料，她选了最便宜的款式。“就像他一样廉价。”她一边说，一边想要砍价，但没有成功。木匠回答：“虽然不贵，但这是好东西，可以在葬礼时准时送到你家。”

想要解决这个问题很简单。伊皮会收到一副再利用的棺材，棺材最初的主人下了订单，但完工后没有付款。接下来只要简单地重画几行文字，把名字换一下就好了。

内布塞尼在制作棺材的行业中享有很好的声誉，今天他要集中精力完成所有的葬礼委托任务。同时，他也以制作昂贵精美的日用家具和陵墓用具闻名，这些都是为那些有购买能力的人准备的。他并不贪婪，但作为一个水准颇高的工匠，他只想用最好的材料。不幸的是，埃及没有茂密的森林。树木长得稀疏松散，很难加工成大块的木板。这里有不少金合欢，还有柽柳和无花果树，虽然可用，但质量都不高。好木材需要进口。

虽然高质量的木材离埃及很远，但仍然值得一去。在大绿海的东岸和比布鲁斯（在今黎巴嫩）的内陆地区都有广阔的雪松和其他针叶树林，为高质量的作品提供了理想木材。一千年来，一直有船队带着斧头、磨刀石和绳索前往探险。砍倒树木后，人们把细枝砍下留存，把巨大的树干拖到港口。无法切割的原木和其他小块碎木都用绳索挂在船后拖回埃及，等待进一步的处理和分类。

1954 年，人们在吉萨金字塔底部偶然发现了一个密封的大坑。开封后发现一艘保存完好的古船的分解拆件，整艘船由进口雪松制成，时间可追溯到胡夫（Khufu）统治时期（约公元前 2600 年）。这艘船可能是胡夫的一件陪葬品，或是用来把他的尸体沿尼罗河运输到这里。船长 43.4 米，有船舱和长桨，木板用绳子固定，保存完好。文物保护工作者花了好几年把它们重新组装起来，并在当初发掘它的地方建了一座博物馆，将船体放置其中供人参观。相邻的坑也被打开，但里面的船体状况比较糟糕，坑的裂缝导致它暴露在自然环境中。

内布塞尼曾在一家造船厂工作，学到了许多关于船体木板形状和尺寸的知识。长期与各式各样的废料和碎木头打交道，使他成了切割、钻孔和打结的专家。后来他来到叔叔开的一家木工作坊工作，这些手艺帮了大忙，他学会了制作家具和棺材的工艺。叔叔去世后，内布塞尼成了掌管这里的老板，手下有十几个手艺不凡的工匠。作坊坐落在一个带围墙的宽敞庭院里，大部分工作都在这里进行，此外还有一个有顶的地方，用来储存工具和成品。

每次接到订单，就牵扯到选择木材的问题。最好的材料是进口雪松，裁出的木板宽，且香气宜人，乌木也是很好的选择。这种木材来自遥远的南方异国，以其色深、坚硬、耐用著称。

除此之外，埃及本土也有一些木材可供选择。院子的角落里堆满了各种订单的废料，还有不同树种砍伐下的原木。院子中间是伐木区，把原木立起来绑在坚固的柱子上，从上到下用锯切割，这样就有了厚木板。

木匠修整木头

内布塞尼和工匠们擅长寻找合适的木材和废料来制作棺材和家具。用手斧和凿子可以把两块形状不规律的木材拼凑在一起。金属斧头用皮革捆绑在类似锄头的木柄上，就制成了大小各不相同的手斧。大手斧可以用来初步砍凿，小手斧用来精细造型。斧刃需要定期打磨，凿子也是一样。配套的木片可以用榫卯、燕尾榫槽或硬木栓组合在一起。表面用砂岩块打磨光滑，拼成一个平面。原料上不规则或是有瑕疵的地方，可以按需用薄厚不同的石膏粉刷，石膏面可以刷得非常漂亮。

在埃及，箱子、床和椅子都是颇受欢迎的家具。箱子是长方形的，做起来相对容易，只是在使用乌木、雪松这样的木材时要多加留神。如果客户想要镶嵌装饰，可能要多花些时间，尤其使用河马牙或进口象牙之类作为装饰材料时，时间更长。盖子的形状也有很大区别，有的是纯平的，有的是拱形弯曲的。多数盖子上都有蘑菇形状的把手，如果箱子上还有绳结和密封用的黏土，箱子前方会再加一个把手。

椅子要复杂一些，有多种型号供客户选择。内布塞尼通常会询问椅子是否有特定的使用者。如果是为孩子，或是一个大块头胖子做椅子，那么把一把普通成人椅做得再精致也没有意义，只会浪费时间。做椅子和做其他东西一样，可简单可复杂。椅子本体可以是实木制造，也可以用芦苇编织，装饰的花样可谓无穷无尽。非常流行的款式拥有以动物足部为原型雕刻的椅子腿，一般是公牛或狮子的脚。

内布塞尼作坊里的工匠们清楚，与埃及普通的工人阶层相比，他们享有特殊的优待。普通工人阶层自己家里几乎没有家具，他们只能睡在小毯子或薄床垫上。如果想坐下，要么蹲下，要么坐在地板或地面上。内布塞尼的手下可以舒舒服服地坐在矮凳上完成大部分工作，这也有助于提高他们的工作效率。如果碰上没用的碎料，又刚好遇到工闲，老板还会允许他们给自己家里做点东西。能和这样的手艺人结婚可是件好事。

在内布塞尼眼中，床是另一种奢侈品，可以把它看作一种加长的椅子，四条腿落地，人能够平躺在上面。通常床离地面距离很近，但起码能够离地，也能避免夜行的害虫从地面（和睡着的人身上）爬过。

尽管内布塞尼最喜欢做家具，但制作随葬品仍然是他的主业。他所做的椅子和床之类的日常用品也可以作为丧葬用品，特别是当家属不想把还在使用的家具封进坟墓时，就需要购买陪葬的新家具。木匠并不在乎自己的成品会放在哪里，即便是面对伊皮遗孀这样一切从简的客户，他也会提供高质量的产品。

打棺材时需要格外小心。棺材对遗体保存格外重要，逝者的灵魂能否长存，部分取决于木乃伊的保存。棺盖上绘制的男神与女神图像守护着棺内的遗体，这个步骤万万不能掉以轻心。

从切割木板到棺材制作完成的全过程

无论丧主的名声和容貌如何，内布塞尼从不鼓励作坊内出现任何与棺材相关的玩笑。但到了伊皮这里，工匠们很难克制自己。

“我见过伊皮。”一个资历尚浅的木匠说，“他和棺盖上画的一点都不像！”

“我也见过他！”另一个说道，“除非把他对半切开，否则肯定装不进来！”

“行了！你们都放尊重点！”内布塞尼是个好心肠的人，开口喝止了他们，但他心里清楚，他们说的都是真的。伊皮的遗孀只想给自己讨厌的亡夫买最便宜的棺材，至于如何把他塞进去是制作木乃伊的人要考虑的事。

在所有工作开始之前，木乃伊工匠是接触尸体的第一人，木匠会从他那里拿到成品的预估尺寸。根据尺寸和品质要求，木匠挑选木板，或是根据需要裁切新板。无花果木相当流行，雪松是最上乘的材质。与过去流行的棺材不同，如今的棺材已经不局限于简单的长方形，多多少少在向人体的形状靠拢，有头有肩膀，在脚底末端逐渐收窄。最终的成品是理想化了的逝者，无论本人多老多丑，棺材都会将他们带向理想中的来世。

一些已知最早的埃及宗教文献来自古王国晚期（约公元前 2700 年至前 2200 年）金字塔石壁上的铭文。文字深奥难懂，其中包括仪式、赞美诗、保护咒语，以及关于王飞升天空的描述，这些是为神性之王准备的。在古王国末期，王后陵墓中也有这样的装饰。中王国时期，这些“金字塔文”经过进一步丰富，开始出现在社会上层人士的棺材内壁上。于是，埃及学家将其称为“棺椁文”。这一时期的棺材里还绘有献给逝者的精美供品。这些文字和绘画将长方形的棺材从内到外变成了类似坟墓的东西。但是，棺材最终还是会按计划放进坟墓当中。

即便考虑到制作木乃伊得要 70 天左右，制作这样的棺材也需要耗费不少工夫。算上肩膀处的弧度和头部的冠饰，棺体和盖子都需要大量的造型工作。内布塞尼的手下当然能

够胜任这项任务，但它很耗时间。棺盖和棺体需要费一番功夫才能完美地契合在一起。棺盖上为死者绘制了精美的肖像，包括脸部和手部。这些都分别刻在盖子上，上面覆盖一层薄薄的石膏，用于绘画或镏金。根据流行趋势，棺材其余部分会用黑色树脂覆盖。棺盖下方中央的位置，以及棺体两侧都绘有丧葬文字，并且附有保护咒语。

公元1世纪前后，罗马统治埃及时期，许多木乃伊在包裹着尸体头部的位置绘有逝者的肖像。这些绘制在木板上的肖像，让人们可以史无前例地一睹那个时代人们的面容。

是的，对内布塞尼来说，工作就是一副棺材接着另一副棺材。即便是到了多数工人已经准备收工的时候，他还在继续工作。他一般会把助手派到木材堆旁边，给他列一张写着姓名、木材种类和尺寸的单子。但今天他打算给手下们一个惊喜。“都回家吧。”他命令道，“明天我们要早起，还有的忙呢。”

这就是工匠们喜欢内布塞尼的原因之一，他自己也知道。他尽量不让属下工作到筋疲力尽的程度。内布塞尼非常清楚，只要埃及人还要去往来世，就会需要他们。

夜晚的第一个小时

（18：00—19：00）

制砖工在泥里打滚

工头马吉尔（Magir）向二十来个浑身脏兮兮的人走去，他们正在满是泥浆的坑里埋头苦干。“又慢又懒！”他吐了口口水，“干不完自己的配额谁也别想走！”埃泽尔（Ezer）和好友基默（Jemer）都不喜欢马吉尔，在砖堆里打滚的工人没一个喜欢他。但是，这三个人是在同一个村里一起长大的，就在遥远的东方，在沙玛什-以东（Shamash-Edom）。在埃及军队前来征服和践踏之前，这里的人生活得很好。那个时候，埃泽尔是成功的商人，基默干着进口葡萄酒的买卖，马吉尔是皮匠的帮工，三个人多多少少都觉得自己过得不错。

阿蒙霍特普来到此处的消息引起了极大的恐慌。王的父亲图特摩斯曾多次来访，若想免去死亡和屠戮的威胁，就必须表明或至少表现出合作的样子。这里的人只能根据埃及的需求不断提供昂贵的贡品，任何反抗都会遭到镇压。沙玛什－以东人受够了，他们认为图特摩斯的儿子远远不及他的父亲。但是他们错了，城市最终被毁，财富也被掠夺一空，成百上千的妇女、儿童和青壮年遭到掳劫。

埃泽尔想，西行的队伍一定在当时给埃及人留下了深刻的印象，他们看到数不清的牛和马，留着胡须、奇装异服的战败叙利亚人戏剧性地出现在埃及征服者的队伍里。作为战俘，被掳往埃及的路途异常艰苦，军队并不在意他们的死活。征服者常常先自己吃饱，才好保证身强体健，可以追捕和杀掉逃跑的人。这一路跋涉充满耻辱，驴子驮着的东西都是埃泽尔熟悉的，而他们正在徒步前往敌人的领土和充满未知的未来。

让埃泽尔难过的是，埃及对泥砖的需求无穷无尽。每年产出上百万的砖，用途多样，从建造村里普通工人的住家，到上层人士的豪宅，再到统治者的雄伟宫殿和神庙。此外还有很多仓库和围墙也需要它。砖头一般只由泥、沙子和稻草混合制成，但用途非常广泛。人们从不担心原料会用完。河流带来泥和水，埃及广阔无垠的农田提供了稻草作为黏合剂。剩下的就交给太阳了。除了这种显而易见的用途之外，人们还会用砖来给建筑做隔离，保持室内夏季凉爽、冬季温暖。

这是个脏活儿！制砖工在工作

埃泽尔发现，制砖可能是埃及最艰苦最繁重的工种之一。混合泥巴和稻草的重复劳作让人头脑麻木，而且很消耗体力。不光是搅拌，还要不停向里面加入稻草，并持续加水，保持混合物的可塑性和黏性。这些工作都不愉快。尽管稻草是驴驮来的，但还需要人来做切割、收集和装载工作，这套流程一天要重复几十次，令人相当厌恶。供水也很费力，特别是当制砖的地方远离河流的时候。即便河水就在附近，也需要身体比较结实的制砖工反复扛着罐子把水倒入泥浆，再用粗糙的锄头进行混合。

砖是将泥浆混合物浇筑进矩形模具中制成的，模具大小取决于建筑的规模。只要用湿手在模具上面抹一把，将模具拎起来，就能做出一模一样的砖头。做好的砖块成排放在太阳下烘烤几天，再翻转过来，确保两面都晒干成型。完工后，砖块会由其他人收集起来。这些人一块一块、一遍一遍、日复一日地捡砖，再把这些沉重的建筑材料运往工地。可以雇用驴子，也可以肩担轭形扁担，两侧负荷同样的重量。根据命令，工人会把砖块码放成一堵简单的泥墙，或其他更别致的造型，等到需要的时候，用泥土和砂浆混合黏合起来。

就其本身而言，晒干的泥砖结构看起来可能并不吸引人，但它们被用于无数重要的建筑，包括王室宫殿。砖块用泥灰覆盖，再涂上颜色，就会有令人印象深刻的好看外观。

抵达埃及后，埃泽尔想办法和基默、马吉尔待在一起，他们被运往底比斯，随后便被分在一个粗暴的底层埃及工头手下制作砖头。偶尔遇到对方，三人就会聊起他们在沙玛什－以东的生活，不知道自己的朋友和家人是什么样的境遇，自从他们被俘离开国境，就再没有和亲朋好友见过面。计划逃跑和回家都是不现实的，身处埃及的异国人很容易被发现，不仅语言不通，还有诸多其他困难。不过，他们偶尔

私下会承认，多数情况下埃及的气候还不错，食物也可以下咽，他们不再需要像在家乡时一样，为干旱或异国入侵提心吊胆。但他们都厌恶自己的工作，居住条件也不尽如人意。

像多数不幸从事这一职业的人一样，埃泽尔和其他制砖工挤在一间小棚屋的地板上，每天晚上回来都筋疲力尽。每天配给的面包和啤酒足够填饱肚子，偶尔还可以用面包和罐子交换其他商品。他几乎没有个人财产，所有值钱的东西在沙玛什-以东时就被搜刮走了，但穿衣还不是问题。许多人喜欢简单的缠腰布，在泥浆中工作时可以脱下来放到一边。

古埃及多数建筑都是用泥砖建造的，其中很多已不复存在。随着时间的推移，泥砖会被侵蚀解体，特别是每年尼罗河洪水泛滥的时节，暴露在水中更是灾难。最终，大多数幸存下来的都是神庙和坟墓，建造这些石头建筑的目的就是永存。因此，人们应当持谨慎态度，不要因为现存的建筑性质，得出埃及人痴迷于宗教和死亡的印象。

但是在过去的两个月中，马吉尔显然已经将挚爱的家乡抛在了脑后，他善于逢迎讨好的性格为他赢得了晋升，变身掌管 15 个工人的小头目。他支使制砖工的样子就好像自己

已经成了监工，埃泽尔知道，他害怕如果不能产出足够数量的砖块，自己也会回到烂泥中来。“快点，懒鬼！我饿了，你们这个样子我看腻了！”他一边说，一边穿着沾满泥点的褶裙大摇大摆地走来走去。

埃泽尔既反感又困惑，反感是由于自己曾经的朋友马吉尔，如今竟然这样对待自己和基默，困惑是因为对方竟然获得了一个新的身份。他现在坚持用埃及名字潘尼布（Paneb）称呼自己，偶尔还会假装听不懂手下工人的“外国话”。虽然他想变成埃及人的行径很可悲，但众所周知，那些完全融入埃及社会的异国人确实会被接纳，生活也过得很好，甚至会成为颇有威信的角色。埃及人不会因为肤色或出生地不同而鄙视异国人：埃及人认为所有异国人在文化方面都低自己一等。

今天，一位颇有权威的监工乌瑟哈特会来参观砖厂。所有工人都知道他要来，而且要表现得格外卖力而顺从。埃泽尔注意到，乌瑟哈特会和随行人员走过来查看砖块时，马吉尔紧张得直流汗。“哦，监工，您好。”马吉尔胳膊底下夹着木棍，用明显带着浓重外国口音的埃及语谄媚地说道，“我叫潘尼布，很高兴向您汇报，在我的监督下，这些人每天都能完成工作配额。”

“潘尼布？”乌瑟哈特怀疑地扬起眉毛。基默和埃泽尔拼命憋住笑意。“好吧，潘尼布，我们不仅需要足够数量的砖头，对质量也有很高要求，这点很重要。这些材料会用来扩建阿蒙霍特普的宫殿。”乌瑟哈特说道。

“是的，监工，我明白。我会看好他们，这些卑贱的亚洲人，只要做了出格的事，我就会严厉地惩罚他们。”

“就应该这样！”乌瑟哈特说道，“就应该这样！”监工微笑着走向另一群工人，“潘尼布，干得不错。”

不出意料，乌瑟哈特刚走到听不见说话的地方，奚落声就响了起来：“哦，潘尼布！可怜可怜我们这些卑贱的亚洲人吧！”

“潘尼布？在埃及语里是‘坏朋友’的意思吗？”

“你还是叫马吉尔的时候更招人喜欢！”

“作为埃及人，你真是说了一口流利的下贱的亚洲语言啊。你怎么不当个书吏呢？”

“二十年的至交，五年的同工，只要两个星期就能变成陌生人。”埃泽尔最后嘲弄道。

马吉尔并没有放在心上：“你们爱怎么说就怎么说。要不了多久，我就会管上一百个人，你们所有人累死也还是做砖头的。”工头转身走开，坐在不远处的砖凳上。

几个世纪以来，直到现代，古代坍塌腐朽的泥砖墙和建筑物遗迹一直是埃及农民现成的肥料来源。这种现如今已被禁止的做法，让考古学家对埃及人日常生活的研究线索变得更少了。虽然这种做法使我们丧失了一些线索，但从古城镇遗迹的垃圾堆中发现了大量被丢

弃的古希腊、古罗马以及更久远时期的莎草纸文件。

埃泽尔再也无法忍受了。他抓起一把混着稻草的泥土朝着马吉尔背后扔去，泥土溅在他的褶裙上，弄得一团糟。工头愤怒地转来转去，要求说出是谁干的。怀疑范围很快缩小：“我怀疑是你们俩其中一个干的。”他向埃泽尔和基默吼道。二人一句话也不说。“你们俩，现在就转过身去。”马吉尔粗暴地命令道。

二人只能听从命令，准备好挨鞭子，但没想到背后突然有人推了他们一把，直接在泥潭里摔了个狗吃屎。二人从泥浆中爬出来，已经看不出区别，只能从身高看出稍微高一点的是埃泽尔。几个工人大笑起来，马吉尔立刻喊道：“有谁愿意，可以加入他们的队伍！干不完活儿谁也不能回家，谁都别想走！我们都耗在这里，不管有多晚。”这套说辞工人们都听过，他们只能沮丧地盼着马吉尔会因为自己也无法回家而感到痛苦。

埃泽尔举起一块刚刚脱模的泥砖，刚一扬起胳膊准备扔向马吉尔，泥砖在手里散开了——太阳还没有把砖晒透。一切看起来都是徒劳的，但再过几个小时工作就可以做完了。在火把的映照下，埃泽尔会去河里洗澡，洗掉满身的泥巴，洗出个人样，等待下一班工作的到来。

夜晚的第二个小时
（19：00—20：00）
女主人为宴会做准备

若你富足，且有家室，要合理善待妻子。给她吃穿……让她在你生命中的每一天都感到快乐。

《普塔霍特普教谕》

太阳就要落山了，一切似乎都井然有序，但内弗莱特（Nefret）仍然很紧张。她的继子即将成婚，随后将要举行豪华而精致的庆祝活动。作为高级官员的妻子、家里的女主人，她正为监工乌瑟哈特准备一场宴会，晚上会有许多客人来到他们的豪宅。食物准备得相当丰富，有烤鸭子、烤牛肉，还有很多好酒，有些是进口的。最让人担心的大概是乌瑟哈特本人了，这些年来他有点被宠坏了，还有些衰颓，让内弗莱特感到相当难堪。酒喝得多了，再遇到年轻的舞娘，她的丈夫就会变得不检点，沉浸在愚蠢的欢乐中，偶尔还会与人争执起来。今晚的宴会就会把这件事完美结合到一起。

他们五年前结了婚，内弗莱特是他的第二任妻子。第一任妻子只生了一个儿子，生第二个孩子的时候死掉了。如今，乌瑟哈特四十多岁，而内弗莱特才二十岁，这对夫妻已经生了两个孩子。内弗莱特的父亲是有名望的书吏，他把女儿嫁给了自己的监工朋友，尽管他有不良嗜好，但他仍希望拓展自己在社会上层的姻亲关系。虽然乌瑟哈特已经有了一个儿子，但他仍然想找一个忠诚、宽容的妻子，最重要的是有生育能力。

除王室之外，多数埃及人都是一夫一妻制，乱伦现象也不常见。虽然男性可能有多任妻子，但通常一次只能娶一个，和亲戚结婚的界限是不能比表亲更近。称妻子为“姐妹”的现象很常见，但它更多是为了表达亲昵，而非真的有亲属关系。但埃及的统治者会有一位正妻、一些侧室、政治联盟带来的异邦妻子以及一个妾。众所周知，王室为了稳固家族权力和财富也会进行内部通婚，比如继兄弟和继姐妹之间、兄弟和姐妹之间、父女之间，等等。

按照一般约定，结婚本身是夫妻间的简单协议，新婚妻子只要带着个人财产搬到丈夫身边就可以组成新家庭。结婚时，内弗莱特搬来了一些昂贵的家具，此外她还有几块肥沃的土地，由雇农代为照料，后者可以由此换取一些食物。这些财产再加上乌瑟哈特的财富，这对夫妇相当富有，从他们的家庭和生活方式上也能看出这一点。

这本名为《普塔霍特普教谕》的格言集是一部礼仪指南，以一位社会上层年长父亲向儿子分享心得的口吻呈现。其中有关于责任、领导才能和如何与不同身份的人打交道的建议。这几条涉及女性的议论很有意思，包括关于妻子的建议："不要责难她，但不能让她掌握权力。要控制她，她的眼睛非常敏锐。看着她，她就会在家里待很长时间。如果你太严格，她就会流泪。只要维持她的生活所需，就能享受娶妻的好处，她所要求的无非是满足自己的欲望。"

乌瑟哈特和内弗莱特住在一栋豪宅中，四周的围墙将这里变成了私人住宅。一进大门，便会看到一个美丽的池塘，周围是精心照料的树木和其他植物。房子本身当然很大，里面有多间宽敞的屋子用作娱乐休闲，另外还有几个小房间用

来睡觉和储存。天花板由几根引人注目的木柱支撑，高处的窗户白天可以透进光来。屋内四处都会摆放几把造型精美的椅子，还放了几张桌子，表明这个家是相当富有的。内弗莱特知道，乌瑟哈特非常希望客人觉得这里是底比斯宫殿的微缩模型，那是他经常到访的地方。

院子外面有几栋相邻的建筑，里面有制作面包和啤酒的设备，以及准备其他食物的区域。这里有一个大粮仓，还有储存啤酒和葡萄酒的房间。这对夫妇院子的正后方有一块田地，新鲜蔬菜随手可得，还有一群小牛在附近放牧。为了给烧烤做准备，早些时候宰了一头奶牛。许多仆人在户外工作，但也有一些在室内工作，多数是在为内弗莱特打点。几乎所有私人工作，包括洗澡、穿衣、把食物放在桌上，都由仆人完成。内弗莱特更喜欢让年纪较大的女性在家中工作，因为她很清楚丈夫的秉性。

女儿由仆人帮忙照顾，她们俩一个两岁，一个四岁。小的那个由奶妈照看，大的那个大部分时间都在玩娃娃和宠物猫。她们是幸运的人。即便是小时候，大多数埃及劳动阶层的孩子就已经在家里、田间或作坊里帮父母干活了。内弗莱特很高兴看到乌瑟哈特的儿子马上就要结婚搬出去。儿子只比她大两岁，二人的关系有些尴尬。

不少古埃及玩具保留了下来。比如造型简易的娃

娃，形状像木桨，上面粘着编好的头发；另外一些娃娃则雕刻得很精美，四肢可以活动。球类应该很受欢迎，因为能用在任何比赛里。年纪大一些的孩子更喜欢竞技运动，比如摔跤和杂技。

内弗莱特奢侈的生活是以容忍丈夫为代价的。她本人是在优渥的环境中长大的，对奢侈品早已习以为常。对仆人发号施令的习惯在父亲家里就已经养成。尽管如此，她还是好奇自己是否能找到比这个秃顶的老家伙更好的丈夫。为什么她的父亲不能选个不那么讨厌的人呢？她总有离婚的念头。离婚和结婚一样简单，只要双方同意，一方搬出去就可以。她可以保留自己那部分财产，也许还能分到他的一部分，但还是不划算，除非她能够再找到一个单身富有的官僚，且不介意自己带着两个孩子，否则她再也没办法享受和目前一样的生活了。

再有不到两个小时，庆祝活动就要开始了，内弗莱特四处巡视。一切都必须保证完美，这点她已经交代了所有人，包括负责清洁的仆人。任何细节都不能大意。她下令挪动家具，给乐手和舞娘留出位置，桌子椅子沿墙摆放，位置也经过了考量，一会儿就会有美食将它们铺满。宴会需要几十个酒杯，旁边屋里放着盛满进口葡萄酒的双耳细颈瓶，有仆人负责斟酒。客人还会收到带着芳香的松塔和池塘里摘下的新鲜莲花。这香气混合着现场烹制的牛肉香，会在活动现场弥漫开来。

活动的各项细节已经尽在掌控中，内弗莱特的注意力回到自己身上。她招呼自己的亲信伊普特（Iput），来到卧室旁边的屋内脱下衣服。很快，伊普特带着几个年轻女子走了过来，她们每人都拿着一大罐干净的水。内弗莱特双手高举，水流过她的头顶，伊普特拿着一团亚麻布为她擦洗。接下来的步骤有些危险，脖子以下的毛发都要刮掉，用到的工具是一柄锋利的铜剃刀、润滑油和一个镊子，这个步骤的时间相对较短。

一位衣着精美、佩戴珠宝的女主人

之后，内弗莱特在小桌前坐下，桌上摆着一面手镜和一把象牙梳子，她全身都抹上了香油。她看着镜子，梳着湿漉漉的短发。头发不需要再打理了，晚上她会戴上一顶精致的假发，漂亮的发卷垂到肩上，用色彩鲜艳的头带固定住。假发要等客人快要到来时再戴上调整。接下来，她的眼睛和眉毛会涂上眼影粉——今天是深绿色，嘴唇涂上颜色鲜亮的赭石和脂肪的混合物。

内弗莱特对效果很满意，她盯着镜子里的自己。是的，她自己也觉得看着不错，希望自己比其他人都好看，这就是作为家庭女主人希望达到的效果。还有很多事要考虑，比如服装问题。内弗莱特有好几箱漂亮的衣服，但今晚她要穿一件崭新、漂亮、质量最好、颜色最白净的亚麻褶裙。这件裙子出自底比斯技艺最精湛的织工之手，早晨才刚刚做好。几个小时前衣服送到时，内弗莱特开心了好半天。衣服款式简单：一大块长方形的布，边缘带有流苏，绕着身体缠上几圈，最后绕过肩膀固定在身体前面。毫无疑问，庆祝活动上其他人也会这样穿，所以佩戴的珠宝才是重头戏。

内弗莱特差遣伊普特拿来几个特殊的盒子。这些小宝匣里放着她最喜爱的东西。今晚佩戴的首饰几天前就选好了，她打开一个盒子，取出一串美丽的串珠项圈，伊普特将项圈比在女主人身前，让她在镜中欣赏。项圈由一排排圆柱形的蓝色彩陶小珠子串成，点缀着红玛瑙珠和彩色玻璃珠。边缘悬挂的吊坠像是泪珠。项圈闪闪亮亮，价格相当昂贵，正好搭配白色的裙子。

伊普特把项圈小心地放在桌上，然后打开其他盒子。她拿出一对金手镯，还有一些精致的耳环，都放在一边。“我会是今晚最漂亮的女人，是不是，伊普特？”内弗莱特问道。

“当然。”伊普特机械地回答，“晚上会有很多漂亮女人，但没人能和监工乌瑟哈特的妻子相媲美。”

她非要称赞我那讨厌的丈夫吗？内弗莱特心想，我打赌他今晚也一定会戴假发，他什么时候都要戴着！

衣服和配饰都准备好了，伊普特帮内弗莱特用一条简单的裙子裹住身体，庆祝开始前，她还要再巡视一圈，检查一下，命令仆人干点活儿。

夜晚的第三个小时

（20：00—21：00）

首饰匠打金子

现在已经是夜里的第三个小时，谢天谢地，金子终于到了。如果没有它，伟大的王后提娅这套漂亮的珠宝就无法完成，这个特殊的订单就要延迟一天。作为统治者阿蒙霍特普的代表，珠宝是由维西尔阿蒙尼姆派特定制的。维西尔是王忠实的朋友和顾问，一旦王室夫妇间有一丝冲突的迹象，他就会找到自己最欣赏的手艺人普耶姆拉（Puyemre），为王做一些特别的物件。金匠把消息传到了首饰作坊。这次的任务是制作一条漂亮的彩色项圈、几对耳环、手镯和臂环，其中要用到黄金。

普耶姆拉想，人人都爱黄金。它像太阳一样明亮，来之不易，确实有特殊的价值。黄金是人人艳羡，甚至觊觎的财富和地位的象征。一些死人也会佩戴黄金，希望能够在来世继续享受，这让盗墓人很高兴。对于坐在首饰作坊里的专业工匠普耶姆拉来说，黄金是可塑的材料，可以轻易融入任何作品中。它既可以熔化后放进模具，也可以敲打成型，或是做成极薄的片附在木头上，看起来非常奢华。神庙和宫殿的仓库中堆放着大量的黄金，有需要的时候会少量取出。

埃及人把金子称为“神的肉”，把银子称为“神的骨”。银子在埃及很少见，无法天然获取，因此只能从其他地方进口；琥珀金也一样，这是一种包含金银的天然合金。除了金子之外，人们还广泛开采铜矿。铜混合进口的锡可以铸成青铜，用于锻造工具、武器和镜子之类的日常用品。铁相当稀有，大部分来源于偶然掉落的陨石。

尽管埃及有自己的金矿，但开采需要耗费大量资源。在环境恶劣的东部沙漠里有很多矿井，这样的地方最适合惩戒异国俘虏和犯罪分子，他们常被派去执行这项艰巨的任务。每当发现金脉，人们就会掏空岩石修建隧道。这种工作既危险又疲劳，工人要把石块从地下取出，搬到外面，再碎成小块。这些小块会进一步捣碎成更小的砂砾并研磨成粉。所有

工作均由手工完成，就像在采石场工作一样，每天都要不断捣碎研磨。等到含金的石块粉碎成沙子，人们就会把它放在倾斜的木板上冲刷，直到黄金和石头分离开。此时，金子就可以装成袋，在看守的押解下运往尼罗河流域。

采矿确实相当艰苦，但就普耶姆拉所知，王还有其他获取贵金属的渠道。黑土地南部的邻国努比亚就拥有丰富的矿藏。努比亚人也喜欢金子，埃及人可以用贸易手段交换，但更好的选择是通过战争和纳贡获取。这一原则同样适用于东部受埃及统治的地区。似乎每座城市或城镇都要被迫上缴贡品，而且往往是个人拥有的珠宝，要按时按量上交。另一方面，黄金还是外交礼物中重要的组成部分，其他国王向埃及索取黄金作为关系和睦的证明。因此，普耶姆拉非常清楚，自己热爱的工作中用到的金属是多么珍贵。

1922 年，英国考古学家霍华德·卡特（Howard Carter）第一眼看到图坦卡蒙陵墓时曾说：“金子！四处都是金子的光泽！”确实，在新王国统治者图坦卡蒙几乎完好的陵墓中，人们发掘出大量黄金和镀金物品，其中包括家具、战车和数不清的随葬品。他的三层棺椁的内棺由纯金打造，重约 110 千克。

首饰匠努力工作

普耶姆拉把工具放在一张矮桌上，其他几个工匠正在做其他订单。有人把薄薄的金片捣成金箔，有人将神庙的祭祀用具弯折定型。白天的时候，国库的人带着一袋金粉和一杆秤来到作坊。书吏详细地进行了记录，将金子称好分成份。偷窃是交付方和接收方都不能容忍的行为。

金粉送进特制的炉子里熔化，就可以做成容易加工的金块和金条。风箱能够保证木炭高温燃烧，增加进气能够提升温度。有时，贡品是成筐的镶嵌珠宝的金饰，这就需要把宝石取下，将金子投进熔炉再次回收。

刚一接到订单，普耶姆拉就在脑海中开始构思。臂环要做成纯金的，但分量要轻，不能让王后感觉笨重。手镯也要配套制作，装上铰链，方便佩戴和取下。为了凸显尊贵，首饰都要交替镶嵌整排美丽的蓝色绿松石和红色玛瑙，虽然简单但很典雅。每件首饰内侧都要仔细刻上王后的名字，明确它们的归属。

耳环相对简单，却很动人。它们由缠绕的金线构成，金线上嵌着青金石、孔雀石和长石，看起来就像玫瑰花结。不过，宽大的领饰更为精致，有三排泪珠状的绿松石坠子和金珠交替镶嵌在宽项圈上。王后会将它佩戴在脖子以下，挂在肩膀上，项圈由金莲花形状的扣环扣住，两端各垂下一根精致的链子挂在背上。

深蓝色的青金石属于半宝石，在古埃及罕见且昂贵。它通常带有金点，精心打磨后会成为昂贵珠宝中最受欢迎的材料。青金石来自遥远的阿富汗，中间也许经过了多次转手交易，最终到了埃及。

普耶姆拉为自己的作品感到骄傲，他喜欢看到首饰戴在人身上，不过大多数时候只能站在远处瞥见。虽然他的技艺得到普遍认可，但上流阶层对一切从事手工劳动的人心存傲慢。如果订单来自最高统治者，那么无论佩戴者活着还是已经死去，对首饰匠们来说都是需要竞争的。王室成员自己定制，或是献给王室成员的珠宝品质要求很高，但大部分订单来自埃及庞大的官僚机构，他们也希望拥有自己独特的饰品。

普耶姆拉看了看同事，他们都在周围忙着干活，手里拿着完成度各不相同的作品。其中一个同事正在做一枚镶嵌着金龟子装饰的金戒指。这是准备献给“一位有巨大影响力的高级监工”的，但他并没有透露究竟是谁。普耶姆拉有时会想，这个同事会不会是在给自己家里人做东西，他使用的都是各处剩下来的金子碎片。另一个同事正从金片上剪金条儿，他说要用这些金条儿做成黄金盖帽，套在一位富有的已故男子的手指和脚趾上。这样即便在黑暗的地下世界，他也能像太阳一样发光。只是盖帽的拥有者看不到这件作品，他的家人也看不到，盖帽会被亚麻布层层包裹住，但这并不会扰乱手艺高超的首饰匠们勤勉的工作。

普耶姆拉很不喜欢给死人制作首饰。这样使用着实是一种浪费。他更喜欢活着的人可以欣赏这些作品的美，毕竟他在其中倾注了太多心血。如果由他来选，他只会用最好的材料，除了金子、银子和最好的宝石，其他一概不用。眼下的这份订单，阿蒙尼姆派特已经明确强调，“不要费昂斯（Faience）”，也“不要玻璃”。普耶姆拉与其说是顺从，不如说是非常乐见其成。

费昂斯，或称“釉面合成物”，是一种类似陶瓷的材料，由细砂或石英制成，搅成糊状之后可以烧制成各式各样的形状。这种材质有玻璃般光滑的表面，呈现典型的绿色和蓝色。相对而言，费昂斯的生产成本比较低，可用来大规模制作珠子和护身符。

环顾四周，普耶姆拉不羡慕任何人的能力。他还是个孩子的时候，就开始做一些简单的重复性工作，比如把费昂斯压进铸模，帮着照看熔炉，或是用廉价的珠子串便宜的项链。他最不喜欢的是给不同硬度的宝石钻孔。这项工作总也干不完，很容易出错，因为宝石无法像金子一样重新熔化，所以失误很难弥补。监工在表扬人时可以很慷慨，但批评人时也会很无情。

最终，普耶姆拉获准跟着一位金匠一起工作，他的才能也慢慢被发掘。从制作廉价护身符到接下王室订单，其间经历了一段漫长的学徒期，才达到世人认可的程度。

普耶姆拉坐在一张矮凳上开始工作。他拿到了黄金，包括一小块经过捶打的金片，决定从臂环开始——它相对简单，易于制作，且造型相当优雅。根据之前的经验，维西尔阿蒙尼姆派特很容易等得不耐烦，如果能看到某件首饰正在

首饰匠钻孔串珠子，做成一条漂亮的项圈

加工，就比较容易说服他一切都井然有序，最终的成品与王后相配。

1925 年，哈佛大学的一支探险队在吉萨高原偶然发现了一座非比寻常的陵墓。一条深深的通道指向一个小房间，房间的大部分地面上覆盖着精致的金叶子。有证据表明，这是在附近建造了大型金字塔的胡夫的母亲海特菲莉斯（Hetepheres）的陵墓。这些金子最初镀在王后的木质家具上，但木头早已腐烂。经过艰苦的努力，人们复制了真正的黄金家具，包括床、椅子、床罩和箱子，其中一只箱子里装着漂亮的银手镯。当人们满怀期待打开密闭的雪花石膏棺材时，发现里面是空的，这个谜题至今仍未解开。

夜晚的第四个小时
（21：00—22：00）

舞娘跳起来

太阳开始落山时，香缇和一起跳舞的姑娘走在通往豪宅的乡野小路上，远处闪着灯光，她们每个人都穿着亚麻长裙，不一会儿就会脱掉丢在宴会厅的角落里。本周的早些时候，香缇正在家门前梳头发，一个谢顶很厉害的官员走过来，他身上浆过的亚麻褶裙和手里的木棍显示了他的地位。他就是监工乌瑟哈特。传言称他的儿子将要迎娶另一个官员的女儿。他们已经搬到一起，组成了新家庭，乌瑟哈特停下来和香缇聊天，证实了她听到的消息。

“你就是香缇，那个跳舞的姑娘？”监工问道。

“是的！有什么能为您效劳？”

“我马上为儿子的婚礼举办一场宴会，需要有人来表演。”

香缇有些奇怪，乌瑟哈特居然亲自操办这些事，也许他不像人们想象的那样一门心思只想着工作。

“我以前看过你跳舞，我们对你印象很深。你能带上朋友一起来吗？”

“我很荣幸。什么时候？”

“六天后，日落时分，在我的宅邸。”

“好的！您对我们的穿着有什么要求？”

“越少越好。最好穿那种挂着珠子的衣服。”香缇知道他说的“挂着珠子的衣服”是什么意思。她把头发梳好，用头巾紧紧绑住，眼睛和嘴唇都化好妆，除了腰间那条绳子上绑着的几串前后摆动的珠子，她的“服装”就是一丝不挂。实际上，这比流行的渔网装好不了多少，渔网装穿着很不舒服，而且挡不住多少。

“我们会去的。请按规矩支付报酬。”这报酬包括宴会上的剩饭——上等的肉块，可能还有一小壶酒，这是普通劳动阶层难以负担的奢侈品。

“做好准备，舞要好好跳，如果女主人有需要，准备好帮忙。”乌瑟哈特结束了谈话，离开去安排别的事了。

金字塔时期有个古老的传说，人们想让沮丧的统治者开心起来，于是找来一群穿着渔网装的年轻美女，让王看着她们在湖中来回划船。其中一位美女戴的鱼

型吊坠不慎落入水中，小船一下乱了节奏。这时，一位巫师出手相救，把湖水分开，找回了丢失的吊坠，表演才得以继续。

约定的日子到来之前，香缇联系了自己的朋友敏维（Menwi）和纳贝特（Nebet）。她们三人曾一同参加过类似的上流阶层宴会，像是个小团队。虽然还没有在顶级场合——荷鲁斯的化身阿赫普鲁拉面前表演过，但今晚她们要到王任命的官员面前跳舞了。她们抵达宅邸时，女主人内弗莱特突然命令姑娘们给乐手帮忙，与此同时客人们已经身着盛装抵达。他们穿着漂亮的亮白色亚麻褶裙，佩戴着精致的首饰，顶着令人惊叹的假发——如果那不是真头发的话。“舞娘们……演奏竖琴的乐手到了之后帮他们一下，等他们准备好，我们就开始。”乌瑟哈特吩咐下来的事一点也不比他的妻子少，他戴着一顶齐肩的假发，有点歪，正慢慢从他光滑的秃顶上往下滑。

没过一会儿，香缇在门口接到了两位年迈的老人，看起来应该是盲人，一人挽着一个小孩。后面跟着一对健壮的年轻人，手里拿着很大的弦乐器。盲人乐手备受尊崇，人们认为这是顶级配置，是奢华活动的象征。“盲人乐手啊，”香缇焦虑地和朋友抱怨，“他们总是迟到。大概他们连现在是白天还是晚上都分不清！不过，我听说其中一个是装瞎，有人

宴会上的客人欣赏盲人竖琴手的演奏和舞娘的诙谐舞姿

说曾看到他修竖琴。”

竖琴手被护送进一间大屋子，屋子两侧各有一盏油灯，灯光明亮。大家在屋中安顿下来，其中有鼓手，有几个姑娘拿着铃鼓和铃锤，还有几个吹长笛的和唱歌的。一个竖琴手下达了口令，鼓手立刻开始有节奏地拍打乐器，吸引观众的注意力，这是一个很有效的方法，提示其他乐手演奏开始。他们拨动竖琴琴弦，到了某处，所有乐手开始一起演奏，发出响亮的声音，一下子吸引了所有人的注意力。

香缇和其他舞娘也在等待这个信号。她们脱掉衣服，从场边开始起舞。她们扭动着臀部，身上的衣服已不足以留给人想象的空间。三个人动作整齐，跳着精心编排过的舞蹈。她们手臂并拢、分开、向左、向右，低下头，摇摆头发，抬起头，旋转，循环往复。

很快，观众们开始鼓掌。乐手们很投入，舞娘更是如此。在炎热的房间中，她们裸露的身体因汗水而闪闪发光。香缇对这件事常有不满：“他们肯定以为我们出的汗也是妆容的一部分！”她常常抱怨。不少乐手的穿着像客人一样光鲜，有些人学着客人的样子，在头上顶着香氛蜡头锥，头锥在高温下慢慢融化，散发出好闻的香味儿。香缇认出了一个乐手。她叫西特尔（Sitre），是自己的邻居，二人长期处于竞争关系。西特尔穿着最好的衣服，香缇却几乎一丝不挂。西特尔在拨弄琴弦时闪过了一丝得意的笑。

音乐声逐渐低下去，两位歌手走上前来。接下来是演唱情歌的环节。三位舞娘稍事休息，男女歌手面对面站好，一人一句唱起爱情诗歌。

“我是你的初恋，我属于你，你就像一块田地，由我在上面开满花朵，长满各式各样的香草。”

“没人能比得上我的爱人，没有任何人比她还要好。

她是人群中最漂亮的女人。

她就像一颗星星，闪耀在盛年的开头。

她可爱得落落大方。

她容光焕发，双眼炯炯有神。她从不会喋喋不休，说话的嘴唇都是甜的。”

“我的心轻快地飞走了，因为我记得对你的爱。它不允许我正常行走，而是在原地快乐地跳起来。

它甚至不容我为它穿上衣服，或是披上披肩。”

乌瑟哈特在客人间来回穿梭，称赞表演的同时，为大家递上由殷勤的仆人斟满的醉人红酒。趁妻子不注意，监工给口渴的舞娘们斟满酒杯，杯子一旦喝空，又会重新斟满。很快，歌手的表演结束，舞娘们又要上场了，扭动旋转的时刻再次到来……在过去的几年中，香缇不止一次目睹自己的同伴跌到乐手身上，这样会扰乱乐手，尤其是盲人竖琴手，通

三个乐手用长笛、鲁特琴和竖琴取悦观众

常会招来严厉的指责。即便站着不动，这些醉醺醺、举止不雅的舞娘也经常面临拿不到任何报酬并被扫地出门的风险，村子里爱传闲话的人也会让她们的名声坏上加坏。

为了凸显自己舞蹈的“趣味性”，香缇常和伙伴们分开“独舞”，她们走到男女宾客身边，抚摸他们的下巴，用具有暗示性的微笑从他们的肩膀上看过去。香缇知道正是这些挑逗的动作吸引了乌瑟哈特的注意，让他亲自到村庄中发出邀请。一些赞赏的宾客会拿出自己的珠宝首饰当作礼物赠送给她们，即便没有，至少也为今后的此类活动建立了口碑。

香缇转了太多圈，喝了太多酒，她有些头晕了，但介绍完新婚夫妇后，乌瑟哈特大声问道：“你们还想要更多音乐和舞蹈吗？”宾客们以热烈的掌声表达肯定，嘈杂的音乐声再次响起。“快回去！”宅邸的仆人命令道，三人只能继续跳起来，乌瑟哈特让她们在自己的雪花石膏高脚杯中抿了一口酒，以示鼓励。

不久，敏维和纳贝特都倒在了地上，她们被抬到了角落。香缇独自跳着，汗流浃背，而音乐永不停息。

她疯狂地旋转着，离乐手越来越近。演奏鲁特琴的西特尔有意伸出一只脚，等香缇注意到，为时已晚。她踉踉跄跄向前跌倒……正好撞向一个盲人竖琴手的琴弦，把他和他的乐器撞得一团糟。“从我身上滚开，你这无耻的狗！”他尖叫道，其他乐手纷纷冲过来帮忙。香缇也被拉了起来，内弗莱特出现了，她命令道：“给我出去！”随后，香缇被人拖着胳膊扔到大门口的路边。两个筋疲力尽的同伴也遭受了同样的待遇，衣服丢在身上，地面上扬起的灰尘沾在她们汗湿的皮肤上。一个有些同情心的仆人把她们三个放到驴背上，她们瘫软着靠在一起，随后返回了村子。即便还没醒酒，香缇也知道，短期内不会有人再邀请自己跳舞了。

夜晚的第五个小时

（22：00—23：00）

医生治疗病人

奈非霍特普（Neferhotep）医生感到疲惫不堪，只想关门后晚上好好休息一下。这一天真是漫长而忙碌，但遗憾的是，一个赤身裸体、沾满污泥的男孩跑了远路过来，已然筋疲力尽，告诉他“有人在河里受伤了”，正往这边赶来。没有交代前因后果，男孩就匆忙离开了。是船出了事故，还是招惹了尼罗河里什么危险的生物？他很快就会知道了。

乡村医生的生活丰富多彩：皮疹、骨折、割伤或高烧的孩子在这里都很常见。就在几个小时前，一个年轻女子出现在他门口，说自己头疼得厉害。给她检查了身体，摸了摸脉搏后，他用炸过的鲇鱼头骨做成的软膏，直接涂在她的头上，同时默念咒语，试图驱走她体内的恶魔。“如果还疼的话，明天再来吧。”他建议道，但病人自我感觉好了很多。之后不久又来了个右上臂骨折的工人。奈非霍特普查看了骨折的情况，然后来回拉扯扭动手臂，直到骨头回到原位，其间病人无比痛苦。但骨头归位后，病人的疼痛立刻缓解了，奈非霍特普给他的手臂涂上油脂和蜂蜜，用夹板固定捆绑帮助愈合。他最后建议“几周内不要工作”，随后将病人送走。

有时候，病人没什么特别的痛苦也会来找他，这些人当中有些是常客。以监工乌瑟哈特为例，过去几个月的时间里，他多次跑来寻求紧急救助，这些“紧急情况”包括蜜蜂蜇咬、耳垂肿胀，以及在另一位高级官员的豪宅聚会上引起的消化不良。有一次，乌瑟哈特厚颜无耻地带来一只浑身瘙痒的宠物猴子。遇到这种情况，奈非霍特普只能礼貌地拒绝，并建议他最好去看兽医。

上周，乌瑟哈特想要寻找治疗谢顶的方法。再过不久他就要举办宴会，自己要打扮得光鲜亮丽。虽然在奈非霍特普看来，这又是一个无聊的请求，但他还是去翻了自己珍贵的医药古书，寻找治疗方法。很快，他找到了一种治疗方法，曾有人说有效果。药方是将等量的河马、猫、鳄鱼、狮子、蛇和羱羊脂肪进行混合。奈非霍特普的诊所实际上是紧挨着自己住家的大屋子，三面泥砖墙边码放着许多陶罐，他在里面翻找合适的药材。

“狮子的脂肪”所剩无几，但还够一次治疗的用量。生活在底比斯是他的幸运，与埃及其他地方相比，这里拿到狮子或疑似狮子遗骸的可能性要大得多。统治者阿赫普鲁拉曾吹嘘自己能猎杀这样的生物，如今从努比亚到南方诸国也进贡了不少原料。医生把材料放进空罐子里搅拌好，递给乌瑟哈特，说："把它涂在光亮的头顶上，一天三次。留下一篮子粮食交给我的助手。"

埃及医学会将各种各样的成分单独或混合起来用于治疗。通过反复试验，埃及人发现有些东西有疗效，比如蜂蜜能缓解感染。动物身上能够使用的有肉、脂肪、血液（包括蜥蜴血、蝙蝠血和猪血）、诸如苍蝇之类小动物的排泄物、内脏、奶，甚至连烤老鼠也是一种药材。几乎每种已知的植物都各有用途，许多药方中包含某种蔬菜、水果、树木或香料。方铅矿、孔雀石、黏土、铜、泡碱等矿物和金属也位列其中，泡碱是防腐过程中广泛使用的一种类盐脱水剂。

乌瑟哈特热情地对医生表达了谢意，摇摇摆摆地向自己的宅邸走去。他胳膊下夹着一个药罐，无疑幻想着自己一周内能长出满头秀发。"真是浪费。"奈非霍特普对此总结道。神庙中的祭司为了突显纯净整洁，特意剃光毛发，只为达到

乌瑟哈特声称痛苦的外貌；在埃及广阔无垠的绿色田野上，有大量辛勤劳作的人，他们与乌瑟哈特有类似的处境，但生活总有更紧迫的事要做。寻求治疗谢顶的方法看起来是留给被惯坏的上流阶层特有的奢侈，讽刺的是，他们自己常常佩戴昂贵的假发。虽然这些琐事令人恼火，但毕竟是工作的一部分，而且报酬可观。

在底比斯附近永久定居之前，奈非霍特普曾随军队前往异国征战，面对的是最可怖的伤痛和疾病。军营中暴发疾病可能会演化成相当危险的局面，甚至引发大面积撤退。但与敌方部队和战车的交锋，往往会带来他所见过的最糟糕的场景。奈非霍特普曾经目睹并处理过狼牙棒在头部砸出的致命性伤口、斧头和镰状剑撕裂的伤口，以及大量深深的箭孔。他的从军经验和莎草纸医书指导他完成了这些治疗。在某些情况下，当他已经无力回天，很多意识尚存、奄奄一息的人会恳求他将自己的遗体带回他们热爱的埃及。

这些都是过去的事了。现在他觉得自己已经老了，不适合再上战场，还是在家行医为好。不过他的军事经验给了他许多帮助。这附近有许多王室建造工程，开工期间不断出现伤亡事故，伤势从碎石划伤眼睛到摔倒骨折各异。他有很多病人都在秃头监工乌瑟哈特的监督下工作。

幸运的是，奈非霍特普有帮手。按照他的想法，年幼的儿子纳赫特会追随父亲的脚步。纳赫特每天大部分时间都在接受训练，学习写字和行医。对他来说，重要的是能够阅读医学文献，甚至还要像奈非霍特普那样自己写医书。然而，纳赫特还太小，不具备培养职业耐心的能力。他曾经刻薄地向父亲建议，应该给这个讨厌的乌瑟哈特一罐发臭的猫尿或驴粪，让他把这些东西擦到那坑坑洼洼的头皮上。

尽管他今天非常忙碌，但好在除了手臂骨折，今天最棘手的病人是个被蛇咬伤的孩子。一般来说，他会把这类病人转移到专治蛇毒的医生那里去，但他实在看不得孩子痛苦的尖叫和父母歇斯底里的模样，其中一位拿着蛇被压扁的尸体，足有一臂长。埃及有各种各样的毒蛇，其中有几种的咬伤是致命的，但即便已经压扁成这个样子，医生还是能够辨认出蛇的品种，这条蛇基本是无害的。他从罐子里舀出一点蜂蜜按在孩子手臂上又小又尖的牙孔里，并且对他进行了安抚。他在木盒子里翻找了一通，取出一个代表荷鲁斯神守护之眼的护身符挂在孩子的脖子上。父母千恩万谢，许诺明天要带着酬礼上门。

除了物理疗法，埃及医生还会提供具有不同功效的治疗性或保护性护身符

除了全科医生外，埃及还有专攻眼科、妇科、胃及其他内脏病症、蛇蝎蜇咬，以及牙科的专家。可见，埃及统治者给自己和家人配备了最好的医疗服务。

诊所外面的骚动预示着河边的伤患已经送到。四个衣衫褴褛的人扛着编织垫冲进门来，受伤的人躺在上面痛苦地尖叫，一条腿血流不止。他们把垫子放到地上，其中一个人解释道，这个名叫埃泽尔的制砖工一向谨慎，今天他去河边洗澡，想把工作时粘在身上的厚厚的黏土洗掉。如果他去沟渠或井边洗澡就好了，但他实在太饿了，急急忙忙跳进了河里。没过一会儿，一只小鳄鱼就咬住了他的左腿，惊慌失措的埃泽尔不知该如何挣脱，跌跌撞撞地跑上岸。他的尖叫声惊动了朋友们，大家看到都吓坏了。

鳄鱼的这一口留下了一串深深的血牙印。奈非霍特普讨厌处理动物咬伤和在河里受的伤，这样的伤口很难治愈。不过，埃泽尔还活着就已经很幸运了。如果鳄鱼再大一点，不仅伤口更大，还会把他拖进河里淹死。医生跪在地上检查伤口，埃泽尔的朋友们把他按住。奈非霍特普用亚麻布遮住血窟窿，同时检查他身上是否还有其他伤口。“纳赫特！去屠夫那儿拿些肉来。”医生命令道，儿子立刻跑出家门。

医生抓起一个大瓶子，倒了一大杯葡萄酒，里面掺了点莲花，鼓励埃泽尔喝下去。这种混合物能起到麻醉剂的效果，安抚抽搐的病人。酒很快见效，纳赫特带着两块薄薄的牛肉回来了，奈非霍特普早已准备好，熟练地将牛肉绑在伤口上。“现在该做什么？”埃泽尔的朋友问道。“把他带回家去，明天再来接受下一步治疗。回去告诉他们向鳄鱼神索贝克（Sobek）祈祷。如果下次谁一身脏兮兮又想犯懒的时候，希望你们能记得这次的教训。”埃泽尔躺在垫子上被抬走了。

埃及医生的医疗方法从简单到复杂各有不同。例如，要治疗消化不良，可以把猪牙碾成粉末，烤成四个甜饼，每天吃一个，连吃四天。治疗脚趾病症的方法复杂一些，需要用蜡、熏香、艾草、罂粟、接骨木、各种树脂、橄榄油和雨水制成一种膏药。

奈非霍特普想着接下来的工作。明天要把肉片拿掉，然后涂上蜂蜜和油脂，把伤口包扎起来。他看了看原料罐子，确保有足够的药材可以使用。今天已经干得够多了。“收拾收拾，”他轻声对儿子说，“太阳再升起来的时候，你得做好看病的准备。”随后，医生走到隔壁，脱下沉重的满是污渍的亚麻褶裙爬上床。他枕在木枕上很快睡着了，再过几个小时，又是新一天的惊喜在等着他。

夜晚的第六个小时
（23：00—00：00）

盗墓新手万般不愿

任何怀有不纯之心进这坟墓的，我要像扼一只鸟儿一样扼住他的脖子，交由最高神祇审判。

来自旧王国时期官员哈尔胡夫（Harkhuf）的墓葬

奈姆韦夫（Nemwef）蹲在一个浅坑里，用铜凿子和木槌敲打着石膏。他敲得又慢又小心，同伙贝比（Bebi）受不了了。“快点儿吧。”他催促道，“不然换我来。”其实他只想吓唬一下对方。奈姆韦夫知道贝比才不想干这种活儿，如果有一天被抓住，他可以狡辩称自己从来没有碰过凿子。“在坑里没人能听见我们的声音，如果有人听到，就会抓我们去领赏金了。”稍加威逼利诱，奈姆韦夫立刻加快了手里的动作。石头穹顶很快露了出来，其中一块石头落了下去，发出沉闷的撞击声，露出来的口子黑洞洞的。他的心跳开始加速，事到如今终于还是卷进了这种勾当。

奈姆韦夫、贝比以及其他四个人正在一座陵墓盗窃。这不是普通的官员墓，而是阿蒙霍特普一世的妻子，梅耶塔蒙（Meryetamun）王后之墓。据他们所知，她至少已经死了一百年，还没有盗墓贼染指过这里，这实在很让人兴奋。虽然从小就参与各式各样的盗窃活动，但盗墓对奈姆韦夫来说还是头一回。他听说有人筹划这件事，但随即发现在各个角度都存在难以承受的风险，然而事实证明这种诱惑是难以抗拒的。

盗墓贼们要操心很多事。如果在盗墓过程中被抓，或是抓到他们身上有王室陪葬品，面临的很可能是痛苦的死亡。此外还要担心神灵的问题。奈姆韦夫意识到这点后，明显开始颤抖。“在诸神杀死我们之前，还是赶紧停下吧！”他对着贝比大声耳语。

“什么神？”贝比恼怒地说，“你看看，我做这行已经好几年了！我还活着，身体健康，而且很有钱！别想什么神了。如果他们真的存在，只能说他们根本不在乎。至于王后，她已经死了。坟墓里不需要这些东西。多浪费啊！”

“但这些是为了维持她的‘卡’！”奈姆韦夫惊呼道，“不然她的灵魂要怎么维持？”

“你不会真的相信‘卡’那一套吧？真要命。你瞧，我们现在还活着，比死去的王后能更好地使用那些陪葬品。除了向田地征税之外，王室和祭司还对我们做过什么呢，他们帮我们过上好日子了吗？还是说他们也给我们建了这样的陵墓呢？”

“最终审判怎么办？我们又不可能永远不死！”

“审判？如果神问我有没有开过墓门，我完全可以说没有。至于你，已经太晚了，你已经挥过凿子了。如果你不打算干了，就赶紧滚。我就知道不该带你来！”

陵墓的诅咒已经成为都市传说的重要题材，其中最著名的是与十八王朝后期统治者图坦卡蒙几乎完好无损的陵寝有关的诅咒。有传言称，人们曾发现一块带有诅咒威胁的石碑，上面写着“如有侵犯陵墓者，死亡会翩然而至”。但是，多名造访陵墓的人都没有暴毙，而这块所谓的诅咒碑也是子虚乌有，作为扰乱陵墓清净的头号冒犯者，霍华德·卡特于 1922 年发掘了这座坟墓，但竟然有违天意活到了 1939 年。一些陵墓中确实存在警醒式文字，但多数是要求尊重死者、供奉死者的，而不是对盗墓贼发出死亡诅咒。

奈姆韦夫拿起工具继续干活儿，不一会儿就凿出了可供

人钻进去取东西的洞。“走吧。”贝比下令，第一个爬进洞，在对面落地。一个盗墓贼递过一盏小油灯，他举着灯，其他人也跟了进去，走在最后的是奈姆韦夫。他犹豫了一下，胃里有种不舒服的感觉，但他知道自己已经无可避免地卷入其中了，于是也爬了进去。

梅耶塔蒙的陵墓建在哈特谢普苏特纪念神庙其中一部分的正下方。与上面高品质的石灰岩不同，陵墓的走廊和房间都建在不太牢靠的页岩层。陵墓的设计比较奇怪，密封的墓门后楼梯很短，连着一条走廊，再向右转进入另一条走廊，尽头是一个深坑，没有任何通道。贝比之前从团伙的二把手那里看到了陵墓的图纸，早已预料到这种情况。

由于预料到了这个问题，盗墓贼们带来了一根长长的木梁，以便越过深坑，抵达左侧远端的一个小厅。站在这里看过去，陵墓的规模很紧凑，他们有必要凿掉对面小厅一个角落的地板，以便放置木材。页岩很容易碎裂，贝比迅速跨坐到木梁上，朝着另一头开始移动。剩下几个人挨个跨在木梁上排好队，把灯向前传递。

每个人都迅速而熟练地通过了深坑，只有奈姆韦夫除外，他又犹豫了。过去他只在粮仓、仓库和一些没人的豪宅中从事过盗窃活动，这些地方从来都不需要跨在横梁上从深坑上方爬过去。如果他掉了下去，他相信这些家伙会毫不犹豫地把他留在坑里，毕竟他们正在盗墓。他可以想象，即便自己在坑里哀求，他们也只会冷漠地从横梁上搬运值钱的东西，而任由他在坑里烂掉，或是被王室的人像老鼠一样逮起来。奈姆韦夫吞了下口水，逼着自己爬过木梁，回到队伍中去。他发现自己站在长方形屋子的一角，屋里摆放着许多大小不一的篮子和罐子。

贝比站在一旁，手拿着灯，兴奋地大声叫喊，让大家寻找有没有值钱且能带走的东西，尤其是那些有回收价值，没有标注主人姓名的东西，这样可以避免与陪葬品联系在一起。篮子里面装满了风干的水果和其他食物，叫人很失望。不过奈姆韦夫发现了一包厚厚的、叠得很整齐的高品质亚麻布。布的边缘有墨水标记，很容易裁掉，这些布料可以卖个好价钱。在另外几个做工精良的木箱子里，装着化妆品和镜子等私人物品，还有些箱子装着王后的衣物，以及若干形状和尺寸各异的精致雪花石膏容器。

沿着走廊摆着许多不同形状的白色小木箱。贝比说他知道里面是什么，一脚踢翻了一个。箱子裂开来，里面的东西滚落到地上，看起来好像某种木乃伊，用亚麻布紧紧包裹着。“有人想吃干鸭子肉吗？”贝比笑着问道。这些是为逝者准备的食物，盗墓贼完全没有兴趣。其他箱子里存放着牛肉和其他种类的肉块。

盗墓贼的洗劫还在继续，他们翻检每个篮子，把没有值钱东西的篮子倒空，用来盛放值钱的东西。他们从一个房间转到另一个房间，很快发现了最值钱的东西。这个房间里停放着王后本人的木棺，这真是一件令人叹为观止的巨型艺术品，体积大概是本人的两倍大。一时间，盗墓贼们静静地站着，他们被眼前美丽的场景打动了。棺盖上雕刻着梅耶塔蒙的肖像，镀金的面容非常温和，眼睛和睫毛异常醒目。她的双手也同样华丽，棺材大面积镶嵌着美丽的宝石。“愣着干什么？”贝比对奈姆韦夫吼道，“快动手！”

新王国末期，有一些描述审判盗墓贼的文件留存下来。被告被指控盗窃了若干座王室陵墓，其中几人被判有罪。对此类罪行的处罚手段，通常是将盗墓贼活活烧死或捅死。

盗墓贼们从一时的恍惚中清醒过来，丝毫没有羞愧之意，迅速动手。几个经验丰富的盗墓贼用随身携带的铜片刮下金箔，并把这些碎片装在密织的布袋里。镶嵌的宝石也被撬了下来。尽管这一趟有很多令人震惊的事，眼前高效的盗墓手法还是让奈姆韦夫难以忘怀，他站在一旁，接过值钱的东西，然后搬到坑边。贝比来到一处，举起一把造型别致的椅子，朝着墙撞了一下，椅子一下就碎了。这把椅子大部分由乌木制成，这些碎片可以回收。他又发现一个大木盒子，里面装着四个石头罐子，他把东西倒了出来。这些罐子装着王后经过防腐处理后的内脏。“有谁想来点王室的

胆吗？”

随后，贝比命令将沉重的棺材盖子移开。“看看王后给我们准备了什么惊喜！”令人惊讶的是，棺材里还套着一个棺材，小棺材是正常人体的尺寸，雕刻精美，只是外表没有镀金。奈姆韦夫看着他们把盖子打开，一具包裹精美的木乃伊露了出来。贝比拿出刀准备下手。他清楚应该从哪里开始。他切开包裹手腕和上臂的裹尸布，把它移到前额。这些位置都是正确的，每一处都有珍贵的珠宝。随后他把注意力集中在手和脚，每个指头上都能找到黄金盖帽。

梅耶塔蒙王后内棺局部

1929 年，大都会艺术博物馆的美国考古学家发现了埃及第十八王朝梅耶塔蒙的陵墓。很明显，古人早已打破过这里的禁忌，许多应有的陪葬品都不见了。但有证据表明，数百年后，第二十一王朝的祭司“修复”了这处墓葬。由于外棺的金箔和镶嵌物已经遗失，祭司们给棺材上涂了一些黄漆。大约在同一时期，另有一些遗体被安置在墓穴入口的走廊上，此后墓穴一直保持密闭状态，直到现代才被再次发掘。

一番掠夺之后，地上散落着大量撕碎的亚麻布，干枯的遗骸露了出来，这是一个曾经活生生的人。“看看她的脸。”贝比说，“看看，埃及的王后！看这漂亮的头发！”他一边说，一边从梅耶塔蒙头上拽下几缕褐色的波浪长发。有的人笑了，奈姆韦夫不愿去看。他是盗窃惯犯，但从不涉及亵渎尸体。

是时候离开坟墓了。他们并不打算对这里做任何恢复，王后只能凄惨地躺在这里，盗墓贼们整理行装准备离开。深坑两边都站着人，还有两个人跨坐在木梁上，把偷来的东西运送出去。所有人都返回到深坑的入口处，袋子和篮子也从坟墓中运了出来。贝比甚至命令大家把木梁也撤回来，以后盗墓还可以继续使用。

走出墓穴，奈姆韦夫深吸了一口清新凉爽的空气，看着满天的繁星，满月的光芒照在大地上。工作已经完成，陪葬品被分堆带去安全的地方，到了那里再进行分类。篮子和袋子的数量太多，但贝比早已预料到这一点，附近有一个暂时存放的地方，可以把一部分东西先存在那里。盗墓贼们几乎一言不发，向四面八方散开，稍后再会合。奈姆韦夫面前只剩下一只装满大捆亚麻布的篮子，被告知可以走了，要管好自己的嘴。这是他第一次参加盗墓，没有指望能分到更多东西，而且大概以后他们再也不会来找自己了。想到这里，他并没有难过，他宁可从粮仓里偷东西，而不是侵犯王室永恒的安眠之地。

致谢

感谢我已故的好朋友芭芭拉·默茨（Barbara Mertz，又名伊丽莎白·彼得斯、芭芭拉·迈克尔斯），她擅长为大众读者讲述过去的故事。我非常想念她。多蒂·谢尔顿（Dottie Shelton）和我的母亲帕特里夏·钱特·瑞安·阿姆斯特朗（Patricia Chant Ryan Armstrong）都刚刚过世不久，她们都会喜爱这本书，只因为它是我写的。雪莉·瑞安（Sherry Ryan）和塞缪尔·瑞安（Samuel Ryan）给了我很大支持，同时支持我的还有我们的小猫“毛宝宝”、温妮、尼珀和小约瑟夫。迈克尔·奥马拉图书公司的编辑们，包括乔治·莫兹利（George Maudsley）在内，都十分乐于助人，而且很有耐心；霍华德·沃特森（Howard Watson）也是如此。我要特别感谢我的两位好朋友，埃德蒙·梅尔泽博士

（Dr Edmund Meltzer）和肯尼斯·格里芬博士（Dr Kenneth Griffin），他们是杰出的埃及学家，与我分享了宝贵的见解和资源。最后，我要一如既往地感谢洛伊丝·施瓦茨（Lois Schwartz）和莫里斯·施瓦茨（Maurice Schwartz），以及太平洋路德大学图书馆和皮吉声大学图书馆。

图片信息

第009页：贝斯神，E. A. W. 布奇（E. A. W. Budge），《埃及诸神》（*The Gods of the Egyptians*），1904年

第014页：写有阿蒙霍特普二世名字的象形茧，唐纳德·P. 瑞安

第020页：卡纳克神庙墙壁上阿蒙霍特普二世的雕刻，丹尼斯·福布斯（Dennis Forbes），黑土地通讯（KMT Communications）

第028页：书吏阿尼的木乃伊，E. A. W. 布奇，《阿尼的纸草》（*Papyrus of Ani*）摹本，1894年

第037页：战士法老，阿道夫·埃尔曼（Adolf Erman），《古埃及的生活》（*Life in Ancient Egypt*），1904年

第044页：阿蒙拉神，E. A. W. 布奇，《埃及诸神》，1904年

第048页：装载神像的船，阿道夫·埃尔曼，《古埃及的生活》，1904年

第053页：农民，诺尔曼·德·加里斯，戴维斯（Norman de Garis Davies），《纳赫特墓》（*The Tomb of Nakht*），1917年

第061页：处理小麦的人，诺尔曼·德·加里斯，戴维斯，《纳赫特墓》，1917年

第068页：雕像，阿道夫·埃尔曼，《古埃及的生活》，1904年

第079页：制作小船，诺尔曼·德·加里斯，戴维斯，《普塔赫特普和阿赫特普在塞加拉的马斯塔巴墓》（*The Mastaba of Ptahhetep and Akhethetep at Saqqareh*），1900年

第082页：新鲜的鱼，诺尔曼·德·加里斯，戴维斯，《纳赫特墓》，1917年

第087页：陶工，阿道夫·埃尔曼，《古埃及的生活》，1904年

第092页：埃及草书，阿道夫·埃尔曼，《古埃及的生活》，1904年

第104页：哈托尔，E. A. W. 布奇，《埃及诸神》，1904年

第106页：节日饮酒，阿道夫·埃尔曼，《古埃及的生活》，1904年

第111页：书吏记录，阿道夫·埃尔曼，《古埃及的生活》，1904年

第119页： 塞提一世陵墓中努比亚人、利比亚人和亚洲人的

形象，选自乔瓦尼·贝尔佐尼（Giovanni Belzoni）的《发掘记》（*Narratives*），1820年

第121页：贡品，诺尔曼·德·加里斯，戴维斯临摹列赫米留墓中的一个场景，收藏于纽约大都会艺术博物馆

第131页：提娅，丹尼斯·福布斯，黑土地通讯

第138页：职业哀悼者，E. A. W. 布奇，《亡灵书：胡内弗尔、安海、凯拉肖尔和尼基梅的纸草摹本》（*The Book of the Dead: Facsimiles of the Papyri of Hunefer, Anhai, Kerasher and Netchemet*），1899年

第146页：阿蒙霍特普二世的墓室，丹尼斯·福布斯，黑土地通讯

第152页：帝王谷中阿蒙霍特普二世陵墓入口，唐纳德·P. 瑞安

第157页：木匠，诺尔曼·德·加里斯，戴维斯临摹列赫米留墓中的一个场景，收藏于纽约大都会艺术博物馆

第160页：棺材制作，阿道夫·埃尔曼，《古埃及的生活》，1904年

第165页：制砖工，诺尔曼·德·加里斯，戴维斯临摹列赫米留墓中的一个场景，收藏于纽约大都会艺术博物馆

第176页：女主人，诺尔曼·德·加里斯，戴维斯，《纳赫特墓》，1917年

第182页：首饰匠，诺尔曼·德·加里斯，戴维斯，《两名官员之墓》（*The Tomb of Two Officials*），1923年

第185页：串珠子，诺尔曼·德·加里斯，戴维斯临摹列赫米留墓中的一个场景，收藏于纽约大都会艺术博物馆
第190页：宴会，诺尔曼·德·加里斯，戴维斯，《纳赫特墓》，1917年
第192页：乐手，诺尔曼·德·加里斯，戴维斯，《纳赫特墓》，1917年
第199页：护身符，唐纳德·P. 瑞安
第208页：梅耶塔蒙，唐纳德·P. 瑞安

参考文献

作者查阅的主要文献

Andrews, C. *Ancient Egyptian Jewellery* 1997

Bierbrier, M. *The Tomb Builders of the Pharaohs* 1993

Breasted, J. H. *Ancient Records of Egypt* 1907

Dodson, A. and Hilton, D. *The Complete Royal Families of Ancient Egypt* 2004

Forbes, D. C. *Imperial Lives: Illustrated Biographies of Significant New Kingdom Egyptians* 2005

Hall, A. *Egyptian Textiles* 1986

Hodel-Hoenes, S. *Life and Death in Ancient Egypt: Scenes from Private Tombs in New Kingdom Thebes* 2000

Hope, C. *Egyptian Pottery* 1987

Houlihan, P. *The Animal World of the Pharaohs* 1997

Ikram, S. and Dodson, A. *The Mummy in Ancient Egypt* 1998

Ikram, S. and Dodson, A. *The Tomb in Ancient Egypt* 2008

Janssen, R. and J. *Growing Up and Getting Old in Ancient Egypt* 2007

Killen, G. *Egyptian Woodworking and Furniture* 1994

Lichtheim, M. *Ancient Egyptian Literature* 2006

Manniche, L. *City of the Dead* 1987

Manniche, L. *Music and Musicians in Ancient Egypt* 1991

Nunn, J. *Ancient Egyptian Medicine*, University of Oklahoma 1996

Peck, W. H. *The Material World of Ancient Egypt* 2013

Quirke, S. *Ancient Egyptian Religion* 1993

Redford, D. (ed.) *The Oxford Encyclopedia of Ancient Egypt* 2001

Reeves, C. N. and Wilkinson, R. *The Complete Valley of the Kings* 1996

Robins, G. *Women in Ancient Egypt* 1993

Robins, G. *The Art of Ancient Egypt* 2008

Sauneron, S. *The Priests of Ancient Egypt* 2000

Scheele, B. *Egyptian Metalworking and Tools* 1989

Shaw, I. (ed.) *The Oxford History of Ancient Egypt* 2004

Simpson, W. K. et al. (eds) *The Literature of Ancient Egypt: An Anthology of Stories, Instructions, and Poetry* 2003

Taylor, J. *Death and the Afterlife in Ancient Egypt* 2001

Tyldesley, J. *Daughters of Isis: Women of Ancient Egypt* 1995

Tyldesley, J. *The Complete Queens of Egypt: From Early Dynastic Times to the Death of Cleopatra* 2006

Wilkinson, R. *The Complete Temples of Ancient Egypt* 2000

Wilson, H. *Egyptian Food and Drink* 1988

拓展阅读建议

Clayton, P. *Chronicle of the Pharaohs* 2006

Dodson, A. *Monarchs of the Nile* 2016

James, T. G. H. *Pharaoh's People* 1994

Mertz, B. *Temples, Tombs and Hieroglyphs: A Popular History of Ancient Egypt* 2007

Mertz, B. *Red Land, Black Land: Daily Life in Ancient Egypt* 2008

Reeves, C. N. *Ancient Egypt: The Great Discoveries* 2000

Ryan, D. P. *Ancient Egypt on Five Deben a Day* 2010

Spencer, A. J. *The British Museum Book of Ancient Egypt* 2007

Tyldesley, J. *The Penguin Book of Myths and Legends of*

Ancient Egypt 2012

Wilkinson, R. H. *The Complete Gods and Goddesses of Ancient Egypt* 2003